Geografía de la oscuridad

VOCES / LITERATURA

COLECCIÓN VOCES / LITERATURA 312

Nuestro fondo editorial en www.paginasdeespuma.com

Katya Adaui, *Geografía de la oscuridad*
Primera edición: mayo de 2021
Segunda edición: diciembre de 2023

ISBN: 978-84-8393-294-0
Depósito legal: M-3216-2021
IBIC: FYB

Editorial Páginas de Espuma
Madera 3, 1.º izquierda
28004 Madrid

Teléfono: 91 522 72 51
Correo electrónico: info@paginasdeespuma.com

Impresión: Cofás

Impreso en España - Printed in Spain

Katya Adaui

Geografía de la oscuridad

PÁGINAS DE ESPUMA

ÍNDICE

a Ana Laura,
en la luz.

Los pulpos tienen tres corazones

Se había enterado de su nueva dirección y fue a buscarlo.

Aquí es donde duermo.

Decía que solo necesitaba una cama y un oficio, nada más. Encontró que era cierto.

Le mostró un colchón inflable, tenso, listo para estallar. En la pared sobre la cama había interruptores. Los contó. Una pequeña central eléctrica, un despropósito.

Cada vez que un vecino grita en las escaleras, tira una piedra o no paga la luz y nos jode a todos, yo lo dejo a oscuras.

Para demostrarlo, bajó un interruptor. Brazos largos sin flacidez y sin músculo.

¡¡¡Carajo!!!

¿Ves? Acción, reacción.

Lo subió. ¡Uff!, se volvió a escuchar a lo lejos.

¿Qué son estos papeles?, y señaló una mesa. En ella había un plato de loza y pilas de sobres tamaño carta. Parecía una oficina de correos en huelga indefinida.

Los papeles de mis juicios. Ellos se vengan. Pero si no se van en fecha, desalojo. Alguien tiene que traer algo de cordura al edificio.

Tú no eres abogado.

Voy aprendiendo.

¿Cómo conseguiste vivir aquí?

Desde que me lanzó a la calle. Yo tengo el veinte por ciento de esta propiedad. Mi viejo la compró para su fábrica de hilos. Ahí tengo dos máquinas todavía. Las vendería como chatarra, pero no dan nada.

No sabía que esto era tuyo.

Hay muchas cosas que no sabes.

Avanzó dentro del cuarto, espió detrás del biombo de cartones: las máquinas huecas, unos esqueletos desnutridos, con puntiagudas garras en alto y cientos de agujas atrofiadas por falta de uso. Si su padre pretendiera sacarlas de cuerpo entero, solo a través de un forado. Y por el frontis. El abuelo había fundado la fábrica de hilos más importante del sur del país. Esto era lo que quedaba: excusas y rastros. Fulminada, como el abuelo, un infarto masivo. ¿Se imaginan dónde estaríamos ahora, sin una crisis detrás de otra?, el monólogo repetido, a su madre y a él, cuando aún habitaban la misma casa.

He venido para invitarte a almorzar.

Yo tengo comida. Tengo para ti y para mí.

Vio la refrigeradora. En la fachada, sonrientes mujeres desnudas, sentadas y de pie, pegadas con goma, los ojos y los labios pintarrajeados con plumón indeleble. Las había maquillado. Hubiera podido ser un departamento de soltero. Hubiera.

Sé bueno con mis chicas.

Un hedor los alcanzó. Aquí está, permiso. Sacó un recipiente, le mostró huevos revueltos con tomate:

Los hice el miércoles. No, el jueves. Probó. Están bien todavía. Tomó dos tenedores y le entregó uno. Encendió la hornilla con un fósforo. Calentó la comida.

¿Qué tal está?

Rico.

¿Tú sabes cómo me enteré de que tu madre estaba embarazada de ti?

Sí, me lo has contado mil veces.

Cuando me lo dijo estábamos en el zoológico, ¿sabías?

Mentira. Y ya no hay zoológico.

¿Tú sabes qué hacen los animales que ya no pueden cazar?

Dímelo tú.

Duermen, comen y cagan en su sitio.

Papá, ¿cómo llegaste a esto?

¿De verdad quieres que te lo diga?

Lo pensó como un pulpo, tentáculos para subir y bajar palancas y normar el brillo y la tiniebla. Un dios flotante. Los pulpos son astutos y escurridizos. Escapistas profesionales. Huyen por orificios angostos, laberintos de los barcos pesqueros; se devuelven al mar, se chorrean a él, de nuevo vastos. Los pulpos tienen tres corazones. Dos llevan sangre sin oxígeno a las branquias. El tercero; la sangre oxigenada a todo el cuerpo. Desde que lo supo, dejó de comerlos.

Cuando cocines pasta, el agua debe estar tan salada como el agua de mar, decía su madre. Los nadadores de aguas abiertas soportan mejor el río que el mar, recordó. En el mar la sal hiere: lastima las manos hinchándolas. Su padre-pulpo en esta casa inadmisible, como en una olla al fuego escociendo sal.

Podía ser el mejor y el peor lugar.

Ella odiaba el zoológico, para qué encontrarse allí. Los animales le producían efecto de sedación, una anestesia que le tomaba el cuerpo por partes. La vio llegar, sonrisa y beso. Pasaron de largo la zona de los monos y de los leones. La fetidez de la urea irritaba. Avanzaron en silencio a través del refugio de los reptiles, ninguno atreviéndose a dar la mano. Burbujas en el estanque. Un cocodrilo emergió, se deslizó hacia un tronco y se envolvió en el fondo verde oscuro. Un petirrojo descendió a la orilla. En el barro se empachaba de mosquitos. El cocodrilo enfiló en silencio haciendo temblar el agua.

Aquí vivirá el oso nuevo, mira. En el periódico han puesto un aviso para elegirle un nombre. Los niños siempre inventan buenos nombres. Él habló intentando entusiasmo, se ahogaba: había pensado en la laxitud del animal en cautiverio, nunca más cazador, todo le es dado.

Frente a la jaula vacía, ella se tomó unos segundos y luego:

Estoy embarazada.

¿Es mío?

¿Qué pregunta de mierda es esa?

Es una pregunta. Dime.

Claro que es tuyo.

¿Y qué has pensado hacer?

Tenerlo, por supuesto.

Yo te avisé, no quiero ser padre. Y ahora me has puesto en esta situación sin pedirlo.

Me parece una locura que vivas en estas condiciones, papá. Múdate a otro lado.

A mí me gusta estar acá. Tengo mi independencia. Me necesitan. ¿Qué harían si yo no estoy? Esto sería el caos.

¿Puedes hacer eso por mí?

¿No hice ya suficiente?

No me querías tener. Ojo que no te estoy reclamando.

Te tuvimos, ¿no? Que estés aquí hablando, ¿o eres un holograma? A ver…

Le dio un manotazo en la cara. No retrocedió a tiempo. Debía estar más alerta. La tosquedad conocida. Un exceso, un salto del gesto amable al violento. Esta vez, una diferencia:

Perdón, no calculé.

Sí calculas, pero igual lo haces.

¿Quieres cerveza o no?

Sí.

Bebieron sin brindar.

Al rato, alzó su botella:

Por ellas, menos tu madre.

Lo miró, se prometió nunca parecerse a él. ¿Cómo iba a lograrlo? No sabía. Demasiados años observándolo. Observando se aprende.

¿Por qué me miras así? Estás viendo a un hombre libre. Alégrate.

Alzó la botella, tronaron sin quebrarse, y buscó por qué podía brindar.

El padre se había quedado sin palabras. Ensimismado, solo tenía ojos para los fajos de sobres y facturas. Suspiró. ¿O fue un quejido? Caminó con pasos lentos y se ancló frente a la mesa. Abandonó la botella en el borde. En esa espalda, cuando desnuda, quemada y cuarteada por el largo sol, el hijo había hecho círculos de lapicero azul cercando lunares negros; se montaba en ella y gritaba ¡cocodrilo! y el padre bajaba las gradas reptando, gruñían sus fauces con pésimo aliento. Esa espalda había sido todo un verano.

Tengo mucho trabajo. Pero alguien tiene que hacerlo.

¿Te ayudo?

Solo yo entiendo esta porquería. Ve. Lanzó sobres al aire. ¿Por cuál comienzo? Agarro este.

Como en un sorteo de su propia suerte, el tentáculo atrapó uno al vuelo.

El hijo terminó la cerveza:

¿Dónde la pongo?

Cuando te vas te la llevas. Es mi excusa para salir. Si tengo tacho, acumulo y no salgo nunca.

Voy a regalarte mi lavadora. Te la traigo la próxima semana.

Agitando el sobre, sin voltear, para sí mismo:

No necesito nada.

Te la cambio por algo.

Me das tu lavadora y yo te lavo la ropa, también te la plancho, si gustas. La vienes a recoger cada domingo, ¿te parece?

¿Cada domingo? Mucho antes de que se fuera de la casa, nunca lo había visto con tanta frecuencia.

¿Tú eres idiota o qué? Ya te dije: No necesito nada. ¿Y para qué has venido? ¿Para irte de espía donde la loca de tu madre? ¿Para chismearle dónde vivo? ¿Qué quieres de mí?

Nada. Y apretó la botella: arrancaría ya mismo esos interruptores y lo dejaría en la oscuridad.

Se le acercó ampliando el pecho:

Atrévete, pues. ¿Eres hombre? Lánzamela. Quítate las ganas. Rómpeme la cabeza. Aquí.

Lo tuvo frente a frente y lo vio. La mirada no se equiparaba con lo que había salido de su boca. Una pátina. Un velo. La advertencia de una catarata. Aflojó la mano y la botella tembló en su sitio.

La boca del padre se transformó en un rictus de asco. Se había mordido el labio y puntos rojos alumbraban desde las comisuras. Los desapareció de un lengüetazo:

Jódete, eres débil y siempre lo serás.

Con una rabia nueva y vieja, con la misma rabia con la que había nacido:

Ahora ya sabes a qué sabe un muerto.

Y caminó hacia la puerta sin girar ni hundir la cabeza.

A punto de abrirla, descubrió pegada contra el marco de fierro una foto suya. En vez de alegrarse, la imagen lo agredió. Siete años. Uniforme escolar. Rulos negros. Ambos eran calvos, ni un pelo. Sin embargo, una gracia en los ojos. Un desafío. ¿Qué habría estado mirando o a quién? Un gesto adulto. Reconcentrado. ¿A él, a su madre, a los dos? A esa edad todavía se sentía seguro.

La arrancó.

Ningún grito a sus espaldas, ninguna risa; notaría la ausencia después.

Un entrecortado zumbido metálico, el parpadeo del neón y a ciegas todo el pasillo. Por un rato no pudo moverse.

Tanteó paredes, desplegó los brazos.

Se orientó hacia las escaleras, escalón por escalón, con alivio de irse y con melancolía de irse. Descender a un fondo abisal y escapar de los designios del padre. Si uno de los corazones del pulpo falla, todos colapsan. Lo supo endiosado. Riendo, por fin, su método de tortura: la ceguera. Jaaaaaa. Funciona. La risa cavernosa y tentacular lo alcanzaba, claro que funciona, jó-de-te.

Una vez en la calle, la claridad del mediodía, bocinazos y gritos apurados, le costó enfocar y acostumbrarse de nuevo a la luz. Se detuvo en una semisombra bajo el umbral del edificio.

Observó la foto, ¿por qué la había elegido? Exhibirlo a la entrada, ofrecer la convicción de un parentesco, la memoria de un nombre, al hijo único, en edad fábula, haciéndola eterna, ¿qué daba a entender? Y él, sustrayéndose de ahí, del altar donde lo habían perpetuado. Pensó: no me olvida.

En su propia imagen robada, hilachas de tinta azul le atravesaban la cara y el cuello. ¿Qué podría haberle escrito? Recuperar las dedicatorias de la infancia. Retejerlas.

Había usado demasiado pegamento.

Diminutas volutas desprendiéndose, piel tensa, capa por capa expuesta, desde los lunares hasta los tendones, pellejos. Ojalá al menos el recorrido amputado de una palabra.

No había nada al reverso.

Por cosas de hombres no debes dejar de creer en Dios

Yo quería pertenecer. Yo quería no estar. Reunir estos dos remordimientos o estos dos ideales.

Llegué a la parroquia, me dio risa presentarme, tal desparpajo, yo no creía en nada, la pasaba de largo, pero había asesoría y era gratis.

Tenía quince años.

Necesitas que te escuchen, me dijo Paco. ¿Hace cuánto tiempo no te sientes escuchado?

Este miedo que yo guardaba: ¿quién va a creerme?

Le proyecté mi casa. Los espacios tomados. A mi padre y a mi madre y a mi hermano mayor y a mis tíos, con alfileres en cada extremidad, hice que los observara muy de cerca. Una vivisección.

La pregunta que no hice: ¿voy a volverme loco yo también?

Paco:

Deja de pensar: ¿por qué a mí? Y más bien cuestiónate: ¿por qué no a mí?

Todos los jueves nos reuníamos en el salón de actos. Los doce rodeábamos a Paco en semicírculo. Rabia, alegrías, amargura. Conversaciones explosivas. A veces llenas de gratificación y otras de culpa. Cada familia, hecha de raíz, de alteraciones y de turbulencias. Nos animaba a existir como elegidos y tanto amor era abrumador. Estábamos confundidos. Temíamos fallar. Ser desterrados.

Nos tranquilizaba:

El corazón está siempre en duda, las tentaciones son el sedal y la carnada, por cosas de hombres no deben dejar de creer en Dios.

Deseábamos ser vistos. Nos llamó uno por uno. Paco nos vio.

Su ojo izquierdo, una mancha nubosa, todo el cielo de Lima anidado en esa cuenca. Un ojo extraño, de espía y de ciego.

Incomodé.

Me convertí en un ateo que dictaba charlas de catequesis. Algo se esperaba de mí y yo sabía qué.

El primer retiro. Cien jóvenes del barrio. Y nosotros, los doce.

Paco nos había dicho:

Hay unos veinte muchachos que no pueden pagar. Haremos un sacrificio en equipo. Vamos a dejar de comer nosotros y con eso les zanjamos el cupo. ¿Alguien se opone?

Tres días de ayuno. Todos aceptamos. Practicar vocación, aunque a mí me costara.

El retiro, en la casona histórica donde había padecido una santa todas sus mortificaciones. Cada edificio pegado al otro. Árboles acongojados y longevos, ¿de qué habrían sido testigos? Decenas de habitaciones monacales. Crucifijo, Biblia y dos catres de una plaza.

Paco miró hacia el campanario, hacia el antiquísimo reloj con esfera de nácar. Impregnados de polvo, una humedad terca y descascarante. No lo habían limpiado en años. Un prodigio que siguiera funcionando. El reflejo del nácar en su ojo izquierdo, igual de empañado. Se notaba que llevaba la cuenta regresiva en la cabeza. Caminó hacia la entrada y anunció:

Ya es la hora. Ni un minuto más, ni un minuto menos. ¡Abran las puertas!

Los doce les pedimos a los cien que pusieran su equipaje en fila india.

Revisaríamos. Nada de comida ni de cigarros. Ellos se hicieron a un lado y procedimos. Incautación. Decomisos de paso fronterizo. Lamentos y reclamos. Les habíamos advertido el carácter de nuestro retiro. Algunas desigualdades o algunas reparaciones, reconocí a unos vecinos, les permití los alfajores camuflados en el fondo de sus mochilas. Ya sabrían ellos lidiar con el deseo.

Me encargaron mi lado más débil: la puntualidad. ¿Alguien más puede ayudarme? No. Tú lideras. Cien como yo, de mi edad, incluso algunos mayores, igual de perdidos. Pensando en la implicación de mi tarea, desastre a desastre, pedí un reloj prestado. Paco veneraba la puntualidad. Por primera vez me convocaba a una batalla.

El turno de los juegos grupales.

Aunque apuré, muchos llegaron tardísimo. No me tomaron en serio. El ojo de Paco sobre mi nuca. Me ardió el estómago, acidez, la saliva se amargó. Para la charla de las cinco me dije van a estar en hora. Faltaban diez minutos. Un grupo conversaba en la azotea de un edificio. Tic tac. Fingían no escucharme. El reloj mordía mi muñeca. Subí setenta, cien escalones. Tic tac. Un muro me separaba de ellos. Correré para saltarlo y los alcanzaré, voy a impresionar. Me harán caso. Corrí y logré una velocidad. Pero no había muro, sino un efecto visual de trampa y muerte. Corría con toda el alma y eran dos edificios similares separados por una brecha de nueve metros. Voy a morir corriendo para que otros se salven, no puedo frenar, voy a caerme al foso, me voy a estrellar, mis padres por fin van a quererme.

¡No!

En el borde mismo, escuché algo que nadie dijo.

Y me detuve de un sacudón.

En el borde mismo. Muchos me vieron parar, sin inercia. Como un suicida que no va a lanzarse. Todo mi corazón pulsaba. Y un ardor sofocaba mis venas, el pulso en trance, un sudor frío. Temblando me llevaron a la capilla, Paco, aquí lo tienes, entré milagroso, hecho evidencia, él estaba rezando y me dijo has experimentado la fe, Dios está contigo, te transformó en hijo suyo, te acogió en el último instante, arranchó el cuchillo de sus propias manos y salvó al cordero. Tantas palabras a mi alrededor apretándome.

Me mandó al comedor a velar por el alimento y el silencio, contar las charolas, que las diez mesas tuvieran su cena. Vigilar: ver comer. Finalizaba el segundo día y con mi grupo desfallecíamos. Madrugar, lavar piaras interminables de platos, barrer, evangelizar, apurar, evaluar, abonar, llevarnos a la boca restos pegoteados de lo que fuera. Yo conté. Conté dos veces. Sobraba una charola. Y la cargué al cuarto de reuniones, tenía una misión, alimentar a mis amigos y ellos detrás de mí, obsesionados.

Pescado frito, dije, y comimos con las manos, arrancando las cabezas, sorbiendo de las cuencas exangües, masticando con alevosía, incluso las pequeñas aletas y las espinas, benditos, éramos benditos, las risas se multiplicaban.

Paco abrió la puerta sacudiéndola en sus goznes. Dejamos de comer.

El ojo raro me acusó:

¿Sabes lo que has hecho?

No.

Contaste mal. Y ahora hay un grupo de chicos muerto de hambre por tu culpa. Debías protegerlos. Cuidar la comida. Eso era todo. ¿Sabes cómo se llama tu papelón?

No.

Piensa.

¿Pecado de omisión?

Error. Gula.

Lo siento.

Tú no lo sientes. Ellos lo sienten en el estómago.

Fue sin querer.

¿Qué se opone a la gula? Paco mismo se respondió: La templanza, solo la templanza. ¿Y qué nos dicen las escrituras?

Yo iba a hablar pero Paco dijo no tú no y su ojo malo se desvió. Paseó la mirada. Algunos se limpiaron con los puños cerrados los labios grasientos. Finalmente, recayó en mi amigo más querido, el que me había prestado el reloj.

Mi amigo respondió bajito:

El infierno está empedrado de buenas intenciones.

Yo agradecí su traición susurrada. Era lo mejor para ambos.

Paco:

Ven conmigo.

Todos, vista al suelo. Su compasión me intimidó.

Había que caminar al aire libre, entre flores amarillas y rosadas y blancas, bellamente recortadas, hasta el final de un pasadizo. La habitación de Paco quedaba lejos de las nuestras. Pasamos junto al campanario, bajo el reloj de nácar. Resplandecía frío, silencioso, las agujas hacia la noche. Yo estaba condenado y sentía alivio. Comparé esta situación, como frente a mi padre, dos tipos tan distintos, yo no estoy indefenso, esta vez no. Preparaba un argumento. Paco me dijo, sin enojo, que los hombres de la antigüedad caminaban y caminaban por comida, hoy en día el cuerpo no necesita hacer la digestión a cada rato, una vez acostumbrado al ayuno, la sensación de hambre pasa. Por algo los presos pueden hacer huelgas de hambre cuarenta días seguidos y no morir, siempre y cuando tomen líquidos, el mismo tiempo que Jesús permaneció siendo tentado en el desierto, y ustedes tienen bebidas a disposición, todas las que quieran.

Cortinas blancas sobre cortinas negras. Era espaciosa. Oscura. Un escritorio y una silla. Un juego de camisas celestes colgaba de una percha. Una cama apenas más grande que la mía, dos mesas de noche.

Dame un momento, dijo.

Tomó una camisa celeste, abrió la puerta del baño, encendió la luz y desapareció.

Miré la hora. Un minuto. Tres minutos. Cuando salió, se había cambiado de ropa. Se había mojado y alisado el pelo. Un perfume a pino ingresó a la habitación. Cinco minutos.

Me miró fijamente, la nube disipándose, encontré vetas amarillas en sus ojos marrones.

Te he traído aquí para hablarte de una vez de hombre a hombre, en privado.

Asentí.

¿Quieres gaseosa? ¿Tienes sed?

Asentí.

Sacó una botella de gaseosa de naranja y una cubetera. La sirvió a partes iguales en dos vasos de vidrio.

¿Quieres hielo?

Negué con la cabeza.

Yo sí.

Se sirvió tres hielos, repiquetearon, bebió y yo también.

Hace mucho calor, dijo.

Sí, respondí con un hilo de voz.

Las manos me sudaban. El vaso se me resbaló. Rebotó contra la cama, cayó al suelo y se rompió.

Miré a Paco.

No pasó nada.

Me lancé a recoger los pedazos y me corté un dedo.

¿Qué has hecho?, preguntó.

Corrió al baño y volvió con un pedazo de papel higiénico empapado en agua fría:

Siéntate.

Me senté en la cama. Él jaló la silla del escritorio y se sentó frente a mí. Unas gotas espesas se deslizaron desde la yema del anular a la muñeca y salpicaron la sábana. Un lunar rojo nacía en la suave piel del algodón. Tomó mi mano entre las suyas. Acercó el dedo herido a sus ojos. Bizqueó un poco, consiguió enfocar. Haciendo pinza pellizcó hasta que asomó el cristal de una astilla, transparente como el ala de una libélula. Con delicadeza tomó el papel higiénico y apretó.

Yo confío en ti, dijo. Creo que a veces te ves a ti mismo como un insecto o como el más fuerte de los animales.

Me conocía, me decía una verdad.

Los ojos se me enturbiaron. Gruesas lágrimas resbalaron por mis mejillas. Las gotas mojaron mi polo. Una porción de piel se transparentó.

Paco se levantó de la silla y se sentó a mi lado. Nuestras piernas se rozaron. Pasó un brazo por sobre mi hombro, me acercó a él. Yo hundí mi cara en su pecho. Todo un bosque se abrió para mí. Sollocé otra vez, la nariz me pesaba, el aroma a pino me ayudó a respirar mejor. Mi llanto empapó su camisa. Un remolino de agua salada en la superficie celeste. Me pasó una mano por la cabeza y acomodó un mechón. Sus dedos desenredaron mis rulos, me peinaron con dulzura.

Paco tomó el papel higiénico y le buscó una zona limpia. Lo acercó a mi cara, me secó las lágrimas y me sonó los mocos.

Más fuerte, dijo.

Una trompeta tronó. Nos reímos. Inspiré hondo. Me fui calmando. Me dio su vaso.

No quiero.

Tómatela.

La bebí toda. Había perdido el gas. En mi casa estaba prohibido tomar gaseosa.

Paco agarró el vaso vacío y lo apoyó:

Si te pido algo es porque sé que tú sí. Quizás los otros no, pero tú sí.

Está bien, dije. Perdón.

Basta de pedir perdón.

Incliné la frente. Tomé la venda, ya un trapo, la enrollé y me levanté buscando el tacho de basura. Pésima puntería. Desapareció bajo la cama.

Paco:

Déjalo, no importa.

Yo:

El diablo está en los detalles.

Apoyé la mejilla contra la fría loseta.

Algo brillaba.

Estiré el brazo y tanteé con la mano herida.

Mi estómago rugió.

Chizitos, papitas, camotes fritos, galletas de animalitos, de vainilla y de chocolate con grageas de colores, chupetines de fresa y de cereza, caramelos de chicha morada, de menta y de limón, latas de leche condensada. Todo lo que habíamos decomisado. Como para armar una bodega y especular con los precios. Muchas bolsas estaban abiertas, flores lustrosas, tan cerca y tan lejos de mi alcance.

Es el escondite ideal, confesé.

Paco se acomodó el pantalón y se agachó a mi lado:

Lo es.

Tomó una bolsa. Se enderezó:

Levántate.

Me puse de pie.

Cierra los ojos.

Cerré los ojos. El reloj otra vez. Tic tac. Tic tac. Nos envolvía.

Abre la boca.

Mis labios, sellados.

Te digo que abras la boca.

Sentí su aliento a naranja. Mi estómago volvió a rugir.

Más… Ahora, la lengua. ¿Dónde está? Quiero verla.

Sin abrir los ojos, saqué la lengua como tantas veces durante la misa al recibir la hostia.

Una esfera encajó en mi paladar. Como hecha a la medida.

Este es nuestro secreto, dijo Paco.

Lamí. Y qué sabor. Un sabor dulce, divino, explotó en mi boca.

En lugar seguro

¿Cómo te sientes? ¿Tienes miedo?

La voz ronca y espesa. Inconfundible.

No, no tengo.

Pues yo creo que deberías.

Cortó.

Bajó las persianas y atisbó entre las rendijas. Un estacionamiento. Un hombre uniformado daba indicaciones. Atardecía. Cuatro luces delanteras se apagaron.

Apenas se hubo instalado, dejado su ropa en la repisa, y el cepillo y la pasta de dientes en el baño, sonó el teléfono.

No importa cuánto se esconda, huía con todo lo que tenía, hallaba siempre cómo encontrarla.

Una buena ducha caliente. Entró en el vapor. El agua lloviendo contra su nuca. Sentirse bien, casi. El jabón olía a desinfectante. Se cubrió con la bata y se echó en la cama. La almohada era alta y dura. La hubiera aplastado antes, cómo no me di cuenta. La molestia se reinstaló en su cuello, no se fue. Agotada, se quedó dormida.

El ajetreo, muy temprano. El abrir y cerrar de puertas. El ruido metálico de ruedas, palanganas y charolas. El olor de las sábanas en el aire.

Permiso.

Le vendan las piernas.

Contra la trombosis, le explican.

Reina el diminutivo. Coagulito, mamita, hijita, corazoncito, tranquilita, ¿ya?

Soy una momia, piensa.

Un disparador de juego infantil con primos y vecinos. Se envolvían con papel higiénico, de los pies a la cabeza, liberando los ojos con disímiles agujeros. Los ojos y nada más. Ver pese a todo. Su hermano brincaba empapelado, uno, dos, cinco, ocho, y se caía y se levantaba y zas, al suelo, de panza, codo, y las carcajadas, fisuras del vendaje. Solo era papel, un terco enredo. Causaba daño. Las madres se volvían locas: ¡Basta de gastar! ¡¿Qué les pasa?! Sin saber cómo abarcarlo: que los hijos fantaseen con desaparecer es un juego muy serio. Un entrenamiento nada absurdo. Preservarse de la primera honda angustia. Esconderte y que nadie te vaya a buscar.

La punta de un bastón se deja ver.

Los mocasines.

La encontró. Mejor adelantarse:

Hola, mamá.

¿Cómo se te ocurre? Estoy recién operada y me cuelgas el teléfono. Pero estas señoritas tan serviciales me ayudaron.

Ahora vamos a retirarte el calzón. Uy, estás con tu período. ¿Nos ayuda, señora?, las enfermeras a su madre. Ella dice: No. Y mira hacia otro lado. La hija se mueve incómoda. Las enfermeras no entienden. La siguen embalsamando con inmensa amabilidad. ¿Lista?

La conducen al ascensor, una enfermera a cada lado.

Echada, cuello estirado –punzada, ojalá ninguna otra más nunca más– alcanza a leer un letrerito en la puerta de su habitación. Va completando la frase escrita a lápiz: Quiero que…. Cada niño dejaba un dibujo y un deseo. Habían olvidado retirarlo. Junto a una rana obesa: Quiero que mami y papi se queden a dormir.

El bastón de su madre detrás. La hija susurra: Más rápido. No la escuchan. La camilla retrasa su ingreso al ascensor.

La madre traba la puerta:

Hija, no te quiero asustar, pero tu doctor dejó paralítico al último paciente que operó.

Las puertas del ascensor se cierran. Tiene a su madre alojada en la garganta.

Cuando tuvo paperas, le cedió su cama matrimonial, tras convencer al padre. Su hermano estaba sano. Lo llevó a la habitación y lo sentó junto a la hija enferma:

Será mejor si se me contagian ahora.

Con la varicela se repitió el ciclo.

Enfermarse a la vez. Un concepto de su madre.

Los hermanos, una misma cama; síntoma, prurito. Fiebre y escozor. El cuerpo padecido. Una sola piel. Compartir postración y aburrimiento. Les lanzaba el control remoto del televisor y cómics; los volvía a encerrar. Mataban las horas adivinándole el pasado a los objetos en las azoteas. Un torso sin brazos ni piernas, la vida de los maniquíes y su lejano misterio. Ante cualquier ruido, los pasos, el giro del pomo de la puerta, volvían a la cama de un envión. Los padres, vueltos hermanos, dormían en las habitaciones de los hijos. Durante el lapso de la enfermedad, la madre los cuidaba, se acurrucaba entre ellos, los mimaba y custodiaba, sin asomos de cansancio, sin caducar nunca.

Su hermano es padre de mellizos. Se pregunta si reunirá a sus hijos en un cuarto a contagiarse.

Desde hace nueve años, trabaja en el aeropuerto despachando pasajeros.

¿No te agota no establecer vínculos con nadie?, le preguntó.

Es lo que me gusta. Les resuelvo sus problemas y se van.

La única vez que les regaló pasajes –debió cancelar su luna de miel, su mujer tenía preeclampsia– viajaron juntas a la playa.

La madre le pidió el asiento del pasillo, necesitaría levantarse unas cuatro o cinco veces, desentumecer las piernas. Se había olvidado las medias antivárices.

Me puede dar trombosis y es la muerte. A la vecina le pasó.

¿A cuál?

¿A cuál va a ser?

¿No sigue viva?

Sí, pero sintió cómo el coágulo le atravesaba el corazón.

Rumbo al aeropuerto se tomó dos pastillas para dormir. Había prometido compartirle una. Roncó todo el vuelo. Con la mandíbula desencajada y el torso rígido, los brazos en cruz sobre el pecho. Imposible moverla. Le saltó por encima al ir y volver del baño.

Me hubieras tapado, le dijo al despertar. Me enfríe. Ahora voy a estar con carraspera y me va a costar hablar.

En el bus hacia el hotel todo incluido, la madre se sentó junto a la ventanilla:

Las palmeras tan bellas. Te apuesto que no tienes ni idea pero son muy sedientas. ¿Tendrán agua suficiente? Pero desconfía si no ves a nadie echado en su sombra, es porque te puede caer un coco y romperte la cabeza y ni te digo. Mira a esos negros, ¿qué te parece? Viajan adelante solo porque juegan básquetbol. Nosotras deberíamos ir allí. O al menos yo por mi edad.

Se calzó los audífonos. No tenía ni una sola canción en el celular. Sacudió baquetas y zarandeó platillos. Su madre se dirigió a la espalda del muchacho sentado adelante:

Hijito…

No hablar español.

¿Cómo que no?, ¿cómo que no?

Las calles bullían, ingresaban al bus amplificadas, frases que sonaban dulces, agolpadas y nuevas y que la hija no podía ni quería traducir.

La madre insistió, incluso cuando el paisaje se transformó en desierto y se quedaron solas con el chofer mirándolas de reojo por el retrovisor:

¿Notas este silencio? ¡Qué delicia! ¿Hace cuánto no escuchas un silencio igual?

La sala de operaciones, un búnker de granito. Suena una salsa. Hay música todavía. La reconoce. Tararea y hasta le provoca silbar. La pequeña radio va encajada a la mesa de aluminio. Cuenta siete enfermeras. Le sonríen y le hablan trivialidades, voz condescendiente. Están vestidas a la par, con uniformes pediátricos en tonos pastel. Árboles, perros, nube y elefante. Una le pregunta por su religión. Ninguna. La enfermera anota y el anestesiólogo se presenta:

Dios fue el primer anestesiólogo, ¿sabes por qué?

No.

Le arrancó a Adán la costilla sin dolor.

Ella se concentra en aborrecerlo, en atender el espacio, tiene algo de cementerio y de fiesta, ¿dónde está el doctor?, que no venga todavía. El doctor se acerca a saludarla. Abre la mano y le revela, como un vanidoso, como un mago, el titanio. Mide tanto como la uña de un pulgar. Vas a quedar como nueva. Ella se asombra de lo ínfimo imprescindible.

Mientras la droga ingresa por su brazo, alucina que el doctor es Blanca Nieves y las enfermeras disfrazadas de infancia, los siete enanitos, ¿dónde está la manzana envenenada?:

Quiero ver a mi padre.

El anestesiólogo:

Siempre está entre nosotros. No lo dudes.

Le habían dado otra opción. Quitarle un pedazo de cadera, injertarlo en el cuello en reemplazo del disco herniado. Tu movilidad se reducirá en veinte por ciento, eres joven, piénsalo. Ella lo había pensado: todavía no estoy como mi madre. Y pagó un monto alucinante por el titanio.

¿A qué hora me operan?

Acabas de salir. Han pasado siete horas.

¿Cómo estuvo todo?

El anestesiólogo:

No te dormías, contaste hasta catorce. Eres mi nuevo récord de anestesia general.

Despierta sentada.

Ha dormido toda la noche en la misma posición. ¿En qué momento salió de cuidados intermedios y pasó a cuarto? Le pedían: Orina, mamita, para no ponerte sonda. ¿Qué soñó? No recuerda. La anestesia general es una elipsis sin recuento. Desmemoria. Morirse y quizás volver. ¿Y qué había sucedido en el intervalo en que su cuerpo había dado todo de sí mismo? Tiene puesto el collarín. Mueve los pies, los brazos, las manos. Puede hacerlo. Articula. De pronto, una sed bárbara. Se estira y logra alcanzar un vaso, lo han dejado muy cerca. Tragar duele. Bebe más despacio. Hasta que tuvo la crisis en la oficina ignoraba un peso notorio, el de la cabeza. Ocho kilos. El cerebro: kilo y medio. Es difícil llevar la cabeza sobre los hombros. En la ambulancia rumbo al hospital intentó sostenérsela. Un calambre persistente; la espalda rígida, como después de un golpe. Tortícolis, contractura, ¿qué era este dolor que la hacía convalidar de una vez y para siempre sus propias limitaciones? Es neurológico, no importa cuánta rehabilitación hagas, volverá.

La operarían seis meses después de morir su padre.

La instalaron en el pabellón infantil. No tenemos más cuartos, estamos excedidos, disculpe. Y debe ingresar en unas horas a cirugía.

Calcomanías de superhéroes en las paredes. Lo demás era adulto. La cama alta. El crucifijo. Las ventanas con vista al estacionamiento. El deseo contra la puerta, escrito a lápiz.

Tienes cuello de cisne, es precioso, le decía su madre. Cuello de mierda, se dijo.

El doctor la visitó:

Desde ahora debes evitar los sobresaltos.

Significado de sobresalto: un bache, un estornudo, un saludo, los vivía como si se hubiera estrellado.

La cicatriz rosada sobre uno de los pliegues del cuello, mimetizándose. Una línea larga. El hilo se absorberá.

Pasaría un año con el giro robótico.

Vas a quedar como nueva.

Nadó, recuperó la soberanía, y su placa no escandalizó en los aeropuertos. Se imaginó madre, que podría prestarse a ser una buena madre, con toda su complejidad y fascinación; sintió desapego por esta idea y la devaluó y la retomó.

A despertarse.

Escucha también el golpe del bastón: no es la ronda médica. Sus párpados se resisten. Seguir flotando en el desinflamante intravenoso.

A despertarse.

Sube las persianas, la luz asimilándose y desembocando en la cama.

Lleva una bolsa negra en la mano. Se agacha a darle un beso. Ve la boca acercándose a su mejilla. Labial rojo de larga duración.

No, le dice.

Mira lo que te he traído, tus favoritos. Desenfunda la bolsa y saca tres chocolates. Pero quiero esconderlos para que tus amigos no se los lleven. Sé como eres. Todo lo regalas. ¿Dónde los pongo?

Camina lento. Panea la habitación como una cámara de vigilancia. ¿Dónde, dónde? Sus labios están abiertos. Necesita un escondite. Abre la repisa, va hacia el baño. Los ojos de la hija la persiguen. Regalará los chocolates apenas pueda. Su respiración se acelera. Sobresalto. No puede girar. ¿A dónde se ha movido? En su campo visual la conoce de memoria. Siempre es un punto ciego. Ya está situada junto a ella. Su brazo todavía ingravidez, un amago.

Por supuesto. Este es el lugar seguro.

Le coloca la bolsa con chocolates detrás del cuello. En el espacio libre entre el collarín y la almohada.

Se defiende arrancándose la bolsa de la nuca. La catapulta.

La madre: Malagradecida. Y sale de la habitación balbuceando.

Silencio.

La hija se apodera del repliegue. Está en su propio cuerpo, en la resurgida calma. La bolsa negra, al fondo de la habitación, contra la puerta del baño.

Todas las veces que su madre la cobijó durante la enfermedad. El cuidado receloso; sabía componer una ilusión, destruir la palabra inoportuna. Están contagiadas ahora: huesos las unen y huesos las fallan. Su madre ansía su parálisis. Convertirla en su proyecto. Tenerla a disposición inamovible, a merced de un territorio acotado: su propia cama. Las dos equiparadas en el accidente de la soledad.

Vuelve. Le sonríe. Sus ojos azules, un arroyo quieto a primera hora de la mañana.

Ojalá papá estuviera aquí conmigo.

Y ojalá tú fueras como tu hermano.

Mamá.

¿Qué?

Si pudiera, te ahorcaría.

Y yo a ti. La apunta con el bastón: Si no tuvieras esa coraza.

Lo baja y pesca diestramente el asa de la bolsa:

Dejemos los chocolates junto a tu ropa, por aquí. Suspira: ¿A qué hora llegan tus amigos?

En un rato.

Avísame para irme antes.

No te preocupes, tampoco quieren verte.

La madre rodea la cama. Toma la colcha y la estira por encima de las sábanas. La cubre hasta el collarín. Inclinada sobre ella, amolda, aprieta la tela contra el cuerpo. Los hombros, el pecho, el vientre, las piernas, los pies. La presión de las manos. La contornean y le dan forma. La forma de un sarcófago. No puede moverse. Apenas consigue inhalar.

¿De verdad no has sentido miedo?

Miedo es lo único que tengo.

No te preocupes, corazón. Mamá siempre te encuentra. Mamá siempre te cuida.

Fiesta de guardar

Esa pregunta yo no la puedo responder.

Desde la mirilla, descalzo y en calzoncillos, sonrió a la pareja de periodistas. Dejaba entrever la nariz y la boca, una cabeza y un cuerpo que había que inventar o completar. Le devolvieron una mueca difusa. Los observó partir.

Tomó una taza de café negro de la refrigeradora, esperó junto al microondas a que se calentara, la sacó antes de tiempo y bebió. Caminó hasta la habitación de los hijos. Las camas dobles, los estantes y las pequeñas mesas y sus cuatro sillas. Todo impecable. Como nuevo. Tan bien organizado como la vidriera de una juguetería. Pensó en ellos. Supo imaginarlos altivos y alegres. ¿Se iban pareciendo a él?

Volvió a la cocina.

Por un rato se quedó contemplando el vestuario. Su gordura le insuflaba autoridad. Había crecido a lo ancho en los últimos seis meses. Entregado a su nueva voracidad, a cualquier sobra o antojo y, aunque excederse le originaba reflujo, la agradeció. Sus colegas del supermercado se burlaban. Él sobaba su panza: Ríanse tranquilos. Se había dejado crecer la barba, rotunda y recortada, paisaje de leñador. Apenas tenía cuarenta y tres años.

Tomó el saco y el pantalón bombacho rojos y los desplegó sobre la mesa. Protocolo gratificante, íntimo, de diciembre. Les pasó la plancha. Vaporizó los puños, las costuras, las bastas, una y otra vez, ni una arruga.

Ser Papá Noel, ser la personalidad, la Navidad misma, la expectativa y el regalo. Aportar un encandilamiento, una lista de deseos, un engaño dulcísimo, el mito repetido año tras año.

Bastaba que él condujera un movimiento mínimo, una rotación que su padre considerara adversa, para desatar su ira. Pese a sus vanos intentos de agradarlo, de ser visto como alguien maravilloso. La fiesta de Navidad del trabajo de su padre. La ansiaba. ¿Cuánto falta? Contaba los días en un calendario: una casita de papel a la que iba marcándole las fechas cerrando las ventanas. En la manualidad del colegio, el 25 era un tragaluz prodigioso, un ventanal abierto de par en par.

Nunca había creído en Papá Noel. Creía en la generosidad del trabajo de su padre. Entregaban los regalos con sabiduría, como si advirtieran las voluntades. A lo largo de los años había recibido un triciclo, un juego de paletas, un balde con cubos, un volquete.

Pero si reventaba por cualquier excusa, encajaba a los golpes el juguete nuevo en un armario. Acceder a la fiesta y no al juego. Si tentaba la insurrección, el padre triunfaba. Arrancaba el calendario de papel y los restos de un tiempo irreversible: Esto se va directo a la basura. Correazos y el labio roto. Cuando murió, el armario seguía resguardando las cajas lacradas. Los antiguos juguetes, un reino demasiado puro. Los llevó a la habitación de los hijos y los instaló en los estantes, uno junto al otro, intactos en su envoltorio.

Antes de partir al supermercado, ensayar la risa, la cuota más difícil. Rodaría a través de la cocina, jooo, joo, jo.

Vestirse, preparar el amoroso embalaje. El último mes, eso representaba, la despedida. Ojalá alguien enviara su imagen alrededor del mundo. Ojalá. Sin renos, sin trineo, sin sacos de regalos. Solo su cuerpo, volumen rojo fruta, rojo Navidad. Todas las noches admiraba su metamorfosis en la puerta espejada del microondas. De frente, de perfil, otra vez de frente.

Pensó en las cajeras, cuál de todas, cuál de todas, eligió a Susy, turno tarde, caderas anchas, tetona, empapaba el índice en su gorda lengua al contar los billetes. Se imaginó viniéndose dentro de ella. Se bajó el pantalón hasta las rodillas. El espejo del microondas sonriéndole de vuelta. Embarazándola. Susy, Susy, dijo.

El timbre irrumpió por segunda vez.

Mierda.

Se asomó a la sala y vislumbró figuras de distinto tamaño tras la puerta. Abrocharse el cinto corriendo. ¡Ya voy! Acomodarse el pelo.

Apenas abrió, seis duendes saltaron espantados.

Bienvenidos a la casa de Papá Noel, mascculló.

¡No!, chilló una niña. ¡Tú tienes la barba marrón!

¿Es usted, señor Edgard?, se atrevió otra.

Soy Papá Noel.

Los niños carraspearon. Continuaban asustados. Entonaron con titubeos un villancico. Detrás de ellos, lejos y cerca, sus parientes. Los saludó con una leve inclinación de cabeza. El grupo ganó confianza, se unieron a su alrededor. Él movió los brazos orquestando. Su barba tembló como una palmera, de sudoroso éxtasis. Dientes de leche, mejillas rojizas, gorros, trajecitos y guantes verdes. El cuadro completo, como una publicidad algo virada: niños cantándole a Papá Noel en un suburbio, en el marco de su casa alquilada.

Terminaron la canción entre hurras.

¿Dónde están sus hijos, señor?, dijo el más pequeño.

Están con sus madres, querido.

¿Cuándo vamos a jugar con ellos?

En cualquier otro momento.

Dejó que se despidieran con sus abrazos en miniatura. Los padres le estrecharon la mano, algunos lo palmearon y les permitió hacerlo. Solo uno permaneció junto a su puerta. El último vecino en mudarse. Llegó con su familia en octubre. Lo veía arrastrar sus artefactos. Una cara que pedía a gritos un café. Seguro partía lejos, adonde hubiera algo más que macetas y su carácter pasajero, las flores de estación. ¿Cuál era su nombre?, maldita sea.

¿Estaba yendo al trabajo?, le preguntó el jardinero. Su esposa lo apuró desde la pista: Vamos hacia allá, mi amor, es tarde. Señaló una casa de un piso con techo a dos aguas, la fachada con titilantes luces de colores. Un calco festivo. Todas las del barrio se confundían. Te esperamos, cielo. Tomó a su hijo de la mano y siguieron hacia el norte los pasos de los duendes.

Planeaba ir ahora mismo.

Jodida época, ¿no?

Muy.

A mí la Navidad me gusta peor.

Los niños la adoran.

Hay que ponerle mucho esfuerzo. Cuánta gente no puede. Elige diciembre, usted me entiende.

Sí.

Tres al día en diciembre.

¿Sabe? No quisiera retenerlo aquí, con este calor.

Le invito un cigarro. Vamos, necesita relajarse antes de lidiar con la demanda.

Me pueden ver los chicos, qué vergüenza.

Fume tranquilo.

Papá Noel ocultó el cigarro caliente en la cueva de sus manos, se lo llevó a los labios:

La Navidad es una fiesta de guardar.

Yo me encargo.

Inhaló una vez más. Vaho, humo, la reconfortante experiencia inmediata. Ambos miraron hacia la casa donde renacían los villancicos, las luces centelleantes, la infancia a todo pulmón. Sus voces impulsándose: Paz en el mundo a todos los hombres de buena voluntad.

¿Cómo está su pequeño?, preguntó por fin el hombre vestido de Papá Noel. Parece haber hecho amigos.

Está creciendo, se lo ve contento, pero con los niños nunca se sabe.

No, nunca se sabe.

¿Cuándo estarán por aquí sus hijos? Así juegan con Samuel.

Ojalá pronto.

Compartieron el cigarro. Caladas hondas en silencio. Se hizo de noche. La luna ascendía detrás de un cocotero. Chispas amarillas volaron hacia ellos apuntándolos.

Las luciérnagas. Parecen unos dragones yendo por ti. Si las atrapas, las puedes encender y apagar sacudiendo la mano. Pretendió cazar una. Abrió la mano y no había nada:

Bueno, amigo, feliz Navidad.

Feliz Navidad.

El jardinero cruzó la pista.

Papá Noel aplastó la colilla contra su bota. Todo el día se había sentido asediado, vulnerable a la curiosidad, al desmenuzamiento.

Ingresó a su sala y se arrodilló frente a un aparador. Abrió el último cajón y escuchó el paño del pantalón desgarrarse. Lo cosería en cualquier otro momento. Hurgó entre los naufragios de sus cuatro últimas mudanzas. Las manos se perdían en cosas sin relación unas con otras. ¿Dónde diablos estaban?

Encontró el montón de sobres cerrados. Una liga los asfixiaba. Los abrió y dejó caer al piso, en cascada, las cartas con deseos de cientos de niños, los hijos de sus compañeros, que habían llegado al buzón del trabajo y que jamás leería ni respondería. El abecedario de una sola petición: si eres de verdad, contéstanos.

Tachó el tembloroso nombre de un remitente y la dirección del supermercado. Escribió y repasó sus iniciales. Depurar, eso hago yo, depurar. Y anotó de memoria la dirección del banco de semen. Les escribiría una queja formal. ¿Cómo así su dirección había llegado a la prensa? ¿Y el acuerdo de confidencialidad?

Sosteniéndose el pantalón con una mano, el culo expuesto, caminó hacia su habitación. Con la otra mano cerró tras de sí las puertas.

Sentado al borde de la cama, Papá Noel desactivó el reloj despertador y lo escondió en la mesa de luz. Todavía era temprano.

Mientras se adormecía, las manos muertas sobre la panza, se sintió algo derrotado, algo emancipado. Ser padre de tantos hijos y de ninguno. Dormir y no pensar y despertar y haber olvidado el sueño. La noche previa a la Navidad solía ser la más larga.

El que no está

Rocas espesas y oscuras, nadie dudaba de la consistencia del acantilado.

Soportaba la casa. Y al boquerón.

Los pescadores, puntitos azul cobalto, lanchas a la suave deriva. Horizonte y paisaje y plenitud.

Como todos los veranos, los niños entregados a la terraza. Y como todos los veranos, los escaladores. Ninguno era propiamente un escalador. El boquerón los atraía. Con sus rugidos y su noche. Cuando la marea crecía, se quedaban atrapados y pedían permiso, ¿podemos cruzar?, temblorosos y desamparados, huían del acantilado a través de la casa. Nadie los volvía a ver.

Sobre el boquerón se había erosionado en la roca el perfil de un Cristo anguloso, pura prominencia: quijada, tabique, ceño, frente. El mentón, blanco y arisco, los restos de aves guaneras, como una barba. No era bello, no. Lugareños y visitantes buscaban sus salientes para pescar.

Sobre la nariz del Cristo esta mañana, un padre y su hijo. El mismo peinado. Tomaban carnada de una bolsa, caracoles que el niño había recolectado y que apestaban al calor en su espesura de babas negras. La caña de pescar se sostenía entre ambos.

En la terraza los niños graznaban. Aleteaban como pájaros hambrientos. Lanzaban monedas hacia una fila de huevos duros teñidos de colores, alineados contra la pared. Las madres dedicaban sus ollas a la fiesta del teñido. Retazos de cortina, chompas de los hijos ya crecidos, algún secador viejo. En la sala, los padres bebían de vasos percudidos, se actualizaban las noticias: el mundo siempre parecía en extinción.

Cada moneda que se incrustaba en una cáscara, algo muy imposible, no bastaba con quebrarla, el ganador se la podía quedar.

¿Vieron? ¡Es mía!

El mar toma. El mar devuelve.

Una ola arrancó del perfil de Cristo al padre y al hijo. Cayeron al agua helada. Bocas abiertas, ojos tremendos.

Algunos niños recibieron el salto con celebración, como un regalo de las vacaciones, como un faro que se enciende.

¡Están nadando, yo también quiero!

¡Y yo!

Solo el mayor de todos corrió hacia la sala.

Y una moneda, faz brillosa, resbaló y raspó una loseta.

Hijo y padre no nadaban ni alzaban los brazos. Apenas flotaban, boya y lastre, al rumor de las olas.

Una mudez pesó sobre la terraza. Los niños y los adultos pegaron los cuerpos a la baranda. Una gaviota aprovechó las claras hasta que mostraron el color del sol.

Mi padre había tenido un hijo, lo vio morir.

Pidió: Traigan una cuerda.

Alguien que estaba amodorrado leyendo el periódico corrió al depósito. Soga de amarrar los carros en caravana en la carretera. Hemos lanzado hombres, perros, monos, moscas, canciones, libros al espacio. Esta cuerda rebotó contra el acantilado, rozó piedras blancas, mar negro y espuma.

Las madres vieron las cabezas siendo arrastradas hacia el boquerón. Enviaron a sus hijos a la sala:

A jugar adentro, ¡ahora!

Vamos por un bote, dijo mi padre y partió con mis tíos. En el muelle, pescadores que habían terminado sus faenas ofrecieron su lancha a motor.

Para cuando rodearon el boquerón navegando contra el viento salado y alcanzaron al padre, el niño se hundió.

Lo condujo de regreso a la ciudad. Le preguntó si quería escuchar música y respondió que no. Mi padre no dijo una palabra más hasta que el hombre le habló. Antes de que se bajara, le recomendó tener otro hijo. A mí me nombró como el que no está.

CORRER

¡LOCA, LOCA, LOCA!

Escapaba a toda velocidad. Como si hubieran anunciado su carrera en solitario con un disparo: Sálvate. Hasta que la madre arrancó la cerradura de la habitación y pudo alcanzarla.

Cuántas veces la persiguió por toda la casa con un balde con agua caliente. Te lo tiro si me vuelves a decir loca. El asa entre los dedos, la bomba en ebullición. Te quemo.

Esta chica ha nacido corriendo, decía la madre. Nunca gateó, corrió de largo.

Su leyenda. Ella la cumplía.

Tu padre no se mueve. Todo el día fumando en la cama. No hay ser más pasivo. ¿Y cómo no, si nació de una mujer postrada?

La postración, otra leyenda.

La abuela veía a su hijo menor volver de la escuela. El saludo acostumbrado del ventanal a la campiña. Esta vez el niño cambia de ruta y cruza las vías de un salto. El tranvía le cercena ambas piernas y se desangra frente a los ojos. La abuela, parálisis por el trauma de haber visto. Las piernas desensambladas. Hizo una vida tiesa. Tuvo en horizontal al último hijo. ¿Podía sentir deseo un cuerpo que lo había perdido? La primera inyección de penicilina fue para ella. La gangrena devoraba. Se sobrepuso. Y un sábado a la mañana caminó hacia el mar con dos de sus nietos. Una ola tibia y zumbona y zafaron de sus brazos. Una ola prepotente y consiguió recogerlos. Los niños retomaron la orilla corriendo. Ella varada. Ahogo. Infarto.

El hijo que había nacido con la promesa de una vida vertical, su propio padre. Dicen de él: Un desgraciado, todo el día en cama, como su madre.

¿Cuánta vida hubo en la parálisis de su padre?

La hija corría. En cada carrera, un emplazamiento a la fuga.

Él, a su habitación a echarse. A fumar bocarriba. La nicotina manchando el techo, circunferencia lúcuma alrededor del neón. Pasas el dedo, te lo marca y apesta. Aprovisiona paquetes de cigarros entre sus camisas. Si le llevas un vaso, ves al humo internarse espiralado en él.

Durante un campeonato de atletismo la hija se desmaya. Había ganado en cien metros planos y en las postas. La respiración entrecortada. Bufidos. Rematar. La ponían última para llegar primera. Se le hacía fácil: presentía a su madre corriendo urgida como ella, la misma agilidad en la misma pista, cada vez más cerca de su espalda. La camiseta apresada entre los dedos. Paranoia, a la carrera. En pesadillas la madre vuelve como en las secuelas de las películas de asesinos enmascarados. Sin máscaras. Sin ocultar ninguna intención. Soñar que tu madre te mata. Contra ella preservaba el segundo aire: acelerar y arremeter.

Tu corazón está bien, tienes un ligero soplo. En la prueba de esfuerzo le descubrieron la pérdida de la lordosis natural del cuello. Se irá. De la escoliosis ya tenía noticia. Un cuello rígido sobre una espalda chueca. Compensaciones que nada templaban. Y la madre le dijo: Árbol que nace torcido... La echaron boca abajo en la camilla. El doctor trazó con lapicero el sendero desviado en la columna. Llamó a sus alumnos, ¿dónde estaban ocultos? Rozaban una a una cada vértebra mala. Toda esa atención erotizante. Ella sin verlos nunca. Nombraban: C5, D10. No le hacían preguntas. Las mismas voces. Clasificaban la curvatura y si habría joroba, enderezamiento, continuidad de la falla. Le desabrochaban y le abrochaban el sostén. Anatomía de la desnudez y vístete. Fue la paciente: dieciséis años. En el ambiente geriátrico de enfermedades óseas, el doctor: Y ahora vamos con dieciséis años. Su edad, su nombre.

Como su propia madre había muerto ahogada, el padre le hizo aprender soltándose. Nadaba, la espalda entregada a las olas y se iba más y más lejos, la hija se asustaba y lo perseguía. La esposa era grito de orilla, envidia y ganas, no eran tres en el agua, sino la isla donde ella no. Los salvavidas los reconocían. Pitazo y amenaza. El padre y la hija engullidos de sal, desanclados más allá de toda red y toda boya, pescadores, anfibios, cuánta alegría en el desplazamiento. Ella nadaba como si se fuera a hundir, como corría, puro despliegue, cuerpo y ritmo y respiración caprichosa. No había gracia en sus brazadas ni en el pataleo. Han querido enseñarle. Corregir el estilo sin estilo. No se puede. Prioriza escape sobre estética. Alguna vez visitó una cárcel en la costa, atisbó el martirio del preso, recuperar en los sueños el mar de la infancia y contemplar desde el patio cada reja de sol.

Cuando piensa en su madre pierde el habla.

Se ahoga. Tose. Algunas letras no las puede pronunciar. La d. Mudez de labios cosidos. La primera letra del nombre de su madre es D. El lenguaje se repliega. También.

En la escuela la profesora de atletismo le decía mi gacela. Sé que te esfuerzas pero no parece. Corres y listo. Vas a llegar a las olimpiadas. No era cierto. Se entrenaba cada día. La persecución comenzaba y todo de vuelta, laberinto, casa, balde, agua caliente, madre. Algo bueno que decir de ella. No recordaba. Correr rabiosa de rabia. Padre, ojalá hubieras podido ayudarte y ayudarnos. Levántate y anda. Ven a mí. Abre la puerta de esta casa. La abuela, yo no conocí a la abuela, vio y se paralizó.

La hija hubiera querido detenerse. Decir hasta aquí llego yo. Quémame, rómpeme, madre.

El padre nadaba con las olas rearmándose en los hombros, sin dejar de observarla, carcajeando su tenacidad. En el agua sus piernas vivían. Si lo alcanzaba, no tocaba sus brazos. Le flotaba cerca. Una flotación estática sobrevolada por gaviotas. Los salvavidas hacían clavados contra corriente. Lanzados hacia ellos en mar abierto peligroso. Y como a la sucesión de nueve olas, no podían controlarlos. ¡Salgan, ahora! Volvían, pupilas negras en aguas metálicas.

En su primera visita familiar a la playa, el padre a la niña:

Los huesos no flotan, ni los dientes, ni los músculos. Pero todos podemos flotar.

Su bautizo fue el mar. Las manos del padre sosteniendo su cabeza, no tengas miedo. ¿Y el flotador? Sin flotador. Confía en mí. El agua, principio de toda propulsión.

La niña regresa del mar. Estallada de risa. La arena sancochándole los pies. Ni le importa. Corre hacia su madre. Ella, en otra cosa, de espaldas, roja camarón, no ha visto su primer nado, se lo perdió para siempre, ¿por qué no siente lo mismo que yo?

Ven al agua conmigo, le dice. ¡Corre!

No, no me gusta. Y no sé nadar.

La hija ha descubierto el desinterés de la madre. Y su infelicidad en el lugar donde ella ha experimentado la euforia. Y que no flota, ni flotará.

En la misma playa, padre e hija rescataron dos veces a niños que se ahogaban. Nos falta piso, dijeron. ¿Qué piso? No hay piso. Las olas te revuelcan y te abandonan. En este mar siempre eres un niño a punto de morir.

¿Por qué el cuello?, se pregunta la hija y ella misma se responde. Porque engarza movimientos con ideas. En la intersección, su cuerpo ha colapsado. Amplificar el detenimiento, como la abuela, como el padre. Un linaje de la lentitud: lo que articula envejecido a destiempo.

La atleta, la terrestre, deberá ir otra vez a ras del agua, sin descender. Como su propia ciudad, a nivel del mar. Nunca bucear. Nadar. Un cuello herido late pellizcado a los seis metros de profundidad. Se anota en la piscina. Rehabilitarse, devolverse de casi todos los desgarramientos. Una mañana llega demasiado temprano. Un letrero: Recién clorada. El cloro mata todo, le dice sonriente el limpiador. Una veda y puede elegir el mejor carril, eso no sucedía cuando corría. Le imponían la plaza. Durante una hora está sola en aguas despejadas. La nitidez total es una hermosura y es abrumadora, tiene algo de expulsiva, se le podría caer un arete y lo hallaría iridiscente en la mayólica, y ya no está tan segura de querer recuperarlo. Agua empozada, agua destilada, agua estancada, agua original. Una piscina subsiste acordonada en su veneno, el cloro que todo lo mata.

Y la madre, patronato de la infancia:

Cuando eras niña, solo corrías. Para todo. Una flecha. Corrías hacia mí. Me necesitabas. ¿Cuánto tiempo pasará hasta que puedas volver a correr? ¿Correrás de nuevo? Sus palabras son jabalinas. Cruzan el aire, contra el viento, rompen. Se clavan. Dejan en la espalda una hendidura. Removerlas es cortar piel.

Una noche de lluvia la madre se cae y se parte.

Salía del rezo en la iglesia y resbaló con escándalo. Fractura desplazada del cuello femoral, uno de los tipos de fractura de cadera. Había perdido lo que pierden los ancianos, el centrado de la máquina-cuerpo, la referencia espacial.

El padre, la madre, la hija, todos en cama a la vez, en el horario en que no se duermen ni la siesta ni la noche. La franja en que la vida se vive ruidosamente: los timbres, las sirenas, los pájaros, las bocinas.

La casa como un puerto al que van a encallar cruceros perdidos, anclados en el muelle.

Cada quien en sus derivas. Extendidos en sus camas como redes. ¿De qué parálisis hablaba su madre?

Se gritan de un cuarto a otro y no hay quien les pueda alcanzar algo.

El reino de lo impar

Había ido al norte a hacer una pregunta.

Dieciocho horas de viaje. Me senté adelante en el segundo piso. Primera fila en la doble vía de la carretera. Un ventanal sin cortinas, los faros neblineros a los ojos, directo a los ojos. Un bocinazo ciego. Una curva alterada. El chofer contrario podría dormirse. El asiento frontal y sus ventajas: mueres o mueres.

Llovía.

Mi tío saludó a otro de mi edad. Soy yo, le dije. La mano y un palmazo. Corrimos a su carro en sandalias, enlodados. Forzamos un poco las puertas.

Su hotel apareció en las búsquedas. También su nombre. Llevaba más de quince años sin verlo. Le escribí un correo. Me dijo que me esperaba cuando quisiera. ¿Mañana mismo?

Manejó con el limpiaparabrisas vuelto loco. Recubiertos de agua, patinábamos y rebobinábamos, los frenos exigidos al máximo. Tenía un rasguño en la rodilla, alrededor gravitaba un moretón púrpura, con los bordes difusos de una malagua roja. ¿Por trabajo?, me preguntó. No, le dije. Unos vecinos pasaron a nuestro lado, la vista fija al suelo. Calzados con botas de lluvia, sorteaban los charcos amparados en restingas.

Aquí estamos. Bienvenido.

Tres habitaciones, cinco palmeras a medio estirar, un comedor con un mueble de bar con algunas botellas, techos de caña, una piscina en forma de riñón. El piso de cemento pulido.

Está muy bonito.

Toma tu llave. La ropa de cama la pusimos hoy. ¿Te gusta?

Sí.

Bueno. Sal a comer algo apenas puedas. El comedor cierra en un rato.

Probé las luces, los focos eran fríos. Dejé la habitación a oscuras. Encendí el ventilador de techo y la cortina y mi piel se estremecieron.

Elegí una mesa que miraba al mar, aunque el mar, un paisaje negro.

Vi a mi tío bajar unas escaleras. El paso cansado, de viejo. Era diez años más joven que mi padre. Cojeaba. Ahora cubría la herida una gruesa venda. Lo seguían dos perros bien alimentados y dientudos, de mandíbulas pesadas. Apenas se sentó, se derribaron sobre nuestros pies. Debajo del ventilador la frente de mi tío sudaba. Un muchacho le trajo una jarra con agua y hielo. Manchas de humedad delinearon el cuello de su camiseta.

Pesaste dos kilos al nacer. Casi te ponen en la incubadora. Quién diría que ibas a ser tan alto.

Y quién diría que te ibas a quitar el bigote.

Me lo quité cuando murió tu papá. Se tomó el vaso de agua y masticó los hielos. ¿Está rico?

Muy fresco, es otra cosa. ¿Cómo te enteraste?

Por el obituario en el periódico.

Y no llamaste.

Ustedes tampoco llamaron.

No.

Mañana quizás tengas suerte y veas tortugas gigantes. Ya nadie se las come.

Ni hablar.

No hacen nada. Les lanzan pescado y van hacia los bañistas.

Su caparazón raspa, parecen dinosaurios.

Son más curiosas que tú.

Eso seguro.

Algunas cosas no cambian.

Mejor.

La corriente de aire alzó una servilleta. Flotó un instante encima de mi plato vacío.

La cena fantasma, dijo él, sin mirarme. Sonrió. Le cambió la cara y rejuveneció otros diez años. Sin bigote era muy diferente a mi padre.

¿Cómo está mi prima?, le pregunté.

Ahí está. Se casó el año pasado y ¿qué fue lo primero que hizo?

¿Qué?

Se puso el apellido del marido y se sacó el mío. Ahora es rubia.

¿Viene a verte?

Claro, cuando puede.

¿Llegó a estudiar arquitectura? Dibujaba unas casas muy lindas.

No pude pagarle nada, es carísimo.

La lluvia repiqueteaba en las palmas, las gotas pendían un rato encornisadas, tocaban la mesa, se desviaban salpicándoles el hocico. Se sacudían y nos mojaban las piernas. Una patada me fustigó el empeine.

¡Basta!, le dijo al perro.

Pero podía trabajar y estudiar.

Bueno, no lo hizo.

¿Y mi tía?

Tú sabes, bien como siempre.

¿Está durmiendo?

Supongo. Alquila un cuarto en el hotel de la quebrada. No la veo desde ayer.

Lo miré extrañado. Era una pareja que peleaba mucho. Mi tío dormitaba en cualquier parte y mi tía le metía fósforos en las orejas. Si despertaba, le arrancaba la caja, los encendía y se los lanzaba. No creí que pudieran vivir sin el conflicto.

Tiene todo para irse y mira tú que no se va.

¿Qué te pasó en la pierna?

Me caí el otro día. No se me termina de curar, ya estoy harto.

Vamos mañana a la posta.

Ya fui.

¿Te duele?

No. Agarró la jarra, se echó agua en una mano y se empapó el cuello. Me puedo acostumbrar a todo, pero no a este calor. Jamás. Esta es tu casa, no tienes que pagar nada.

Le agradecí. Se levantó. Los perros alzaron la cabeza. Uno se arqueó, bostezó y se volvió a despatarrar, su lengua rozó un charco de baba.

¿Seguro puedes? Sigue lloviendo.

Sí. Tranquilo.

Subía lento, aferrado a la baranda. Entre escalón y escalón, una larga pausa. Llegó a su puerta empapado.

Ruge como un motor fuera de borda.

La hélice saldrá volando y me descuartizará. No, no, esas cosas no pasan. Me concentro en el cuadro frente a mi cama: una ola alcanzando una rompiente, bañando de prismas azules un océano invernal y cerrado. ¿Por qué los hoteles frente al mar idealizan otras playas? Corrí la cortina y destrabé la ventana. Golpe de aire tibio, embolsado, los murmullos del viento. Por los techos de palma se deslizaban gotones, sucumbían a los charcos esmaltados. Una lagartija avanzó y se detuvo, desorientada, cemento sobre cemento. Oír la lluvia caer, inventarse ríos y que su rumbo no cambie nada. Se rebalsaría la piscina formando un manantial cristalino. Allí también nadaría.

Desde mi habitación, el horizonte dorado y turquesa.

Me puse la ropa de baño. Debía ser las once de la mañana. No me despertaba tan tarde hacía años. Y qué importaba.

Mi tío untaba un pan con mantequilla. Le daba la espalda al mar.

¿Cómo estás? La venda sucia, embarrada.

Mejor. ¿Quieres comer algo?

Primero me quiero bañar.

Muy bien. Me mira con ojos fijos. En sus ojos las pupilas se reabsorben, desaparecen, son de un marrón intenso. Es posible que tenga un aire a él.

¿Fuiste a la posta o te estás medicando tú?

En la posta hay un enfermero, no un doctor.

¿Y si es grave?

Ya estuve casado.

Sí.

No necesito a nadie más metiéndose en mi vida.

Lo sé.

No te vi en años. ¿Hasta cuándo piensas quedarte?

Tú dime, no quiero ser una molestia.

Bueno, ¿estás de vacaciones o en ruta hacia otro lado?

No lo sé todavía.

¿Cómo así te acordaste de tu tío? Cuéntame.

¿Es verdad?

¿Qué cosa?

Tú sabes.

No. No.

Sí sabes.

No, por dios, ¿de qué estás hablando?

No te hagas el tonto.

No tengo la menor idea, te lo juro.

Está bien, como tú digas. Ya vengo. Voy al agua.

Ponte mis sandalias, te vas a quemar.

De sombra en sombra crucé el cemento hasta llegar a la piscina.

Estaba empozada y turbia. Pelusas de insectos cuarteaban la superficie deformándola. Líneas de crecida se revelaban superpuestas y espátulas de moho y líquenes verdeaban la pared celeste. Una enredadera se adentraba salvaje en el pozo. ¿Dónde estaba la escalerilla? Quizás no era una piscina. Tal vez mi tío pretendía un estanque. Un arca. Un acuario. Miré hacia el comedor. Los perros iban hacia él. Tal vez, una isla. Descansaba la pierna enferma en una banca. La cabeza y los hombros caídos, una sacudida leve, y de nuevo, enderezado. De perfil tampoco se parecía a mi padre. Los dos eran unos extraños para mí. Me pregunté si estas aguas oscuras y calientes eclosionarían peces, anguilas, renacuajos. Si esta vida oculta recorre y se entrelaza en recovecos que nadie ha descubierto.

El muchacho pasó junto a mí cargando unas sábanas y lo saludé.

¿Alguna vez han limpiado el agua?

La lluvia lo hace.

Entonces pensé que yo debía ser el único huésped.

Atravieso la playa, la arena caliente, las gaviotas esperan y se abandonan a un vuelo raso, de un clavado al mar, romper toda resistencia, sin salir a respirar, pataleo y pataleo, los brazos cortan y reman, bocanada.

A cien metros de la costa, los hotelitos apretados, allí debe estar viviendo mi tía, las casas al ras, no hay caminantes ni bañistas, las palmeras, las quebradas, el muelle desnudo: tablones ausentes y barras de óxido. Siempre quise conocer esta playa. Es una de las pocas que jamás nadé. Tiene mala fama.

Acostumbrado a las aguas frías, esta tibieza acontece. Paralelo a la orilla, braceo y resurjo, me siento en presencia total de mí mismo. Nado y sé que no debo irme tan lejos.

Pero algo me hunde.

Los ojos muy abiertos, el techo azul y también penumbra, el cielo oscuro ineludible, me arrastra, la boca se inunda, es dulce, indoloro, el vórtice, quién iba a decirlo, esto era todo, meciéndome, la aleta de una tortuga, una quilla, la quietud de peces transparentes, branquias sanguíneas, estoy siendo aspirado y no hay nada que pueda hacer.

Cuando el remolino me escupió de vuelta a la orilla, una turbiedad impenetrable: las quebradas arrojaban barro, basura, sedimentos. Tablones, platos rotos, latas.

Desinflándose en la espuma marrón, un cardumen de peces globo. Cinco gallinazos trotaban chillando hacia el mismo cuerpo.

Recosté la cabeza entre las piernas. Había perdido la ropa de baño. Arena en la nariz. Aliento a podrido. La cerré, por si un gallinazo.

Un ruido metálico rezumándose en la quebrada. El río como el mar. Una marea de zapatos encallaba a mi alrededor. El mar como el río. Plástico, cuero, resina, de todos los colores y tamaños, abiertos y anudados, con pasadores y tachas. Usados, gastados, de estreno. Con las suelas enteras y las plantillas puestas. Como recién arrancados. Recién lavados. De hombre, de mujer, de niño. Este es el reino de lo impar. Sandalia amarilla, zapatilla blanca, tacón azul, botita rosada, mocasín marrón, ojota negra. Ningún par completo. Una pata de palo, hecha con una escoba lijada. Me levanté tosiendo. Inventariar, no sé por qué. Si el pueblo entero había naufragado, yo era parte de sus restos. Y quién había escoltado su tránsito hacia el mar. Comenzaba a contar y me perdía. ¿Trescientos? Esta vaciedad. Quién andaría descalzo y tal vez desnudo. Los zapatos son lo último que uno salva y lo primero que desea salvar.

¿Quinientos? Orillada en la arena húmeda, una zapatería asombrada, sobreviviente y coja, a la medida de nadie.

Al pie del hotel, el muchacho y mi tío, boca arriba en las reposeras, tomaban sol con los ojos cerrados. Los perros deambulaban junto a las colchonetas, cazaban sombras y les ladraban. Mi tío llevaba una venda nueva. Caminé entre ellos preguntándome cómo contarles lo que había vivido.

Más tarde vienen las grúas y despejan todo, dijo una voz dormida.

Casas con cimientos en el río

La primera noche que dormimos en la nueva casa, agotados, sobre colchones en el suelo, nos atacaron los zancudos. Insistían ávidos en la misma dulce picadura. Sangramos. El zumbido tenaz en los oídos. Esa noche es una marca. ¿Y esa diminuta cicatriz junto a tu boca? ¿Varicela? No, zancudos. Habíamos olvidado el repelente en la otra casa. También velas y linternas. La geografía de la oscuridad. Mi madre nos alumbró con un fósforo. En sus ojos, un fulgor animal:

A mí no me pican. Tuve paludismo de chica dos veces. Pero no lo cuenten nunca.

Llegó la luz.

Jamás, el agua.

O sí. Agua de regadío. Fluía en las acequias bordeando el terreno, acorralándolo. Algunas veces arrastraba consigo peces de escamas brillantes. Algunas veces estaban muertos.

Mi padre nos dio dos casas.

En la ciudad y en las afueras. Una la compró hecha.

Levantó la otra con sus propias manos. Esta casa –la llamábamos «de campo»– no era campestre. Ni por asomo. Había conseguido una hectárea. Rodeada de acequias pero sin pozo propio, sin una red de agua de subsistencia. La tierra era yerma. Agotada de cosechas que no.

Cuando alguien dice que construyó su casa ladrillo por ladrillo, podría ser él. Nos prestábamos una camioneta y llevábamos los materiales nosotros mismos. Yo era chico. Iba en la tolva, junto a la arena y las palas. Mi hermano mayor viajaba conmigo, atrás. Todos los fines de semana, en ruta hacia la segunda casa. Se turnaban manejando. Temeridad: ir de pie en la carretera, mi hermano y yo. De vez en cuando dejábamos de aferrarnos a la cabina. Perder el equilibrio y desprendernos de la vida a ver qué. En el único largo asiento, las manos de ellos se airaban. Directo al enemigo, la reiteración de maldiciones. Si él soltaba el timón, podíamos morir en un instante. Ella lo asía. Tentarla como un instinto desesperado y asesino. Todavía éramos omnipotentes: defendíamos un proyecto.

Mi padre armó un *collage* con revistas americanas de arquitectura y diseño, sin tener idea. Casas sustraídas a otros, sus recortes, ensamblando la nuestra. Contrató a un maestro de obras. Lo estafó. Debió rehacer el techo. Un techo a dos aguas en una ciudad sin lluvia.

Los insectos no duraban en la casa de la ciudad.

Matar a las polillas. Mi padre inyectaba los agujeros de la madera con veneno, como un enfermero matriculado.

Matar a las cucarachas. Una vez formaron una hilera en el ducto del desagüe.

Matar a las moscas. En verano era fácil. Iban más lento, acopladas en vuelo nupcial. Mi hermano las aplastaba contra la pared, sin remover los cuerpos. Alas intactas, puntos rojos y negros.

Matar a las hormigas. Cargaban azúcar de cal.

Detectábamos a los insectos como piedras negras contra las blancas paredes que ellos cuidaban tanto.

Yo trapeaba todo el día. Me ordenaban baldear: Quiero esas losetas brillando. Era el único momento en que me dejaban andar descalzo. Me deslizaba, agua fría, resbalar ida y vuelta, patinar en la cerámica, sin reproche ni castigo, al vaivén. Mi madre me dio este consejo: El día que trabajes, que te vean con el trapo en la mano aunque no tengas nada que hacer.

El agua tampoco alcanzaba el segundo piso, donde teníamos la única ducha. Por capricho. Cualquier albañil lo hubiera resuelto de inmediato.

En la campestre había una ducha y una profunda bañera de mayólicas que devino en depósito. Cada quien hervía su agua, esperaba su turno. Hacíamos cola por orden de llegada. Nos debíamos bañar con balde en ambas casas. También con un balde pasábamos los excrementos.

En la municipalidad dijeron que tendríamos agua, ¿cuándo? En un futuro. El futuro era esperar el agua. No sucedió.

Así como antes habíamos transportado arena, cargábamos bidones preciosos. Iban sentados entre mi hermano y yo. Se sacudían en los baches como pasajeros aturdidos. Si traíamos arena hoy también, nos hacíamos una playa aquí mismo, me dijo. De inmediato imaginé esa playa en la tolva. En cada frenazo, en cada semáforo, las olas. Desde donde estás tú, hasta mí, le dije. Nuestra hermandad en continua frontera.

Con trinches removimos piedras y cascajo, un arado infinito. En tierra seca sembramos lechugas, tomates, fresa; yuca, plátanos, caña de azúcar. Restos de otras casas impidiendo el jardín, el florecer de la nuestra, el riego con promesa. Las hortalizas, condenadas al enanismo, brotaban deformes y faltas de brillo. Gusanos gordos y verdes, camuflaje de hoja, comiendo y comiendo. Igual de desnudos, guardaban más agua que nosotros.

Mi padre compró un machete. Lo alzaba orgulloso: Tus abuelos fueron campesinos migrantes.

Se poda lo que sobra. Al árbol más bello porque sus raíces amenazan con levantar la casa o porque su sombra perenne roba todo el calor. Él apenas segaba arbustos rancios. Su brazo moreno contra el tallo de la caña de azúcar. Y esa miel bienvenida. Sorber los frutos de nuestra propia tierra. Vencimos en primera y única victoria. A los animales heridos se los cura con azúcar, forma una jalea cicatrizante que mata bacterias. Con azúcar no hay infección. Con sal; necrosa.

Mi madre recogía mala hierba. Agrupaba, montículo tras montículo, la incendiaba. Pequeñas humaredas. Todo era mala hierba. Con qué tenacidad se enraizaban. Esas sí. Manifestación del fuego, absorta, caja de fósforos en mano, reprimía el descontrol en un terreno ya excedido. Cuando el fuego crepitaba, le lanzaba sal, retrocedíamos, tronaba aún más enfático, fascinante, azulnaranja.

Mi hermano jugaba con un palo. El barro, los pedazos agrestes, gusanos, caracoles, la bosta, sostenidos frente a sus ojos. Auscultados desde una desconfianza segura. Su aproximación a todas las categorías de la vida tenía un intermediario.

En ambas casas compartíamos habitación.

Ante cada experiencia nueva, yo inventaba palabras o las enredaba. Precipicio por presupuesto, papel palígeno por papel higiénico. Al ovario poliquístico –síndrome que afectaba a mi madre–: quístico polivárico. El ginecólogo le había recomendado: Tenga hijos. Quién sabe qué enfermedades curamos los hijos. Cuando vi un alacrán, escamado y puntiagudo, del patio corrí a la cocina: ¡Un cocodrilo! Fui creído. Por mi grito urgente, el desamparo en la voz de un niño. Aún no poseíamos la casa de campo.

Yo sí, montaraz. Tocaba la tierra.

Me ensuciaba, me embarraba. Vi una flor doblarse al peso de una abeja. Metía los pies a la acequia de peces-prisma muertos. Observaba la vida brevísima. Hacía maniobras para no ser descubierto confiscando bichos. Los ponía en las cajas de fósforos que vaciaba mi madre. Hormigas león y gusanos y arañas.

Ella con sus fósforos, él con su machete, mi hermano y su palo; yo y mis cajas de animales: todos teníamos un objeto transicional. Algo que nos permitiera fluir entre las dos casas que no nos habitaban. Sin mudanza posible, apenas intercambio, alternancia. La hospitalidad fracturada.

El terreno mantenía anteriores dueños, el reino invertebrado. El ecosistema invasor éramos nosotros. Los parásitos con instinto migratorio de fin de semana.

Un pacto con lo salvaje: mi padre decidió no fumigar. La naturaleza debía reclamar lo suyo. Yo respetaba eso. Terco sueño, devenir uno con su tierra conquistada, con su ilusión.

Debimos reconocer la horda de zancudos como un signo.

Empinado, guardaba el pote de azúcar en la despensa. Algún día voy a ser tan alto como la despensa. Y el grito: ¡No bajes el pie! Escalando la suela de la pantufla, un alacrán con el aguijón apuntándome. Mi hermano la pateó y lo pisó:

Aquí tienen todo el veneno.

La tierra escindida. Lo que picaba y lo que mordía. Doloroso pero no mortífero. Espantoso pero no insoportable. Dos escalas de la devastación con las que medirnos la infancia. Mi hermano y yo. Y ellos, las adulteces.

Mi padre dijo que debíamos buscar a la familia. Los alacranes se mueven en grupo. Y jamás dejar bolsas de comida abiertas. En escasez, la madre mata a sus crías. Nuestra ventaja: los artrópodos tienen pésima vista.

Ayúdame.

¿Qué pasa?

Por favor.

Un alacrán en el calzoncillo. El calzoncillo a medio subir. El aguijón apuntando a su entrepierna. Tranquilo, le dije. Va a percibir tus movimientos. Sácatelo muy despacio. Me hizo caso. Cuando lanzó el calzoncillo, fingí que lo pisaba una y otra vez con la zapatilla. Que yo lo mataba por él. Mi hermano se terminaba de vestir. Guie al alacrán hacia una caja de fósforos. Se movía con un fulgor verde en la espalda. Adentro lo esperaba una cucaracha, su alimento favorito. Sacude toda tu ropa. Y tus zapatos, también. ¿Cómo sabes todo eso? No supe decirle que mi mesa de noche era un insectario. Me miró diferente.

Como no podía llevármelos a la ciudad, calculaba cuánto alimento dejarles. Exponerlos a la luz habría facilitado su fuga. Cada sábado a la mañana corría a visitarlos. Mi colección agonizaba y moría durante la semana.

Un tema empezó a ocuparlo todo. Había que acabar con los alacranes.

Pese a que no fumigaríamos, mi padre estableció una solución final: Se los mata de la casa para adentro. El límite de su dominación concluía en nuestras paredes. Prefieren los lugares húmedos, dijo, como los sótanos. Aquí no hay agua, dijo mi madre, no hay sótanos. Su tono chorreaba reproche. ¿Y qué más puedo hacer?, dijo él, ¿matar al alcalde? ¿Quieres que mate al alcalde?

Mi madre por respuesta agarró una escoba. Abrió y cerró las puertas, estrellándolas contra sus postigos. Cállate y trabaja. Revisen todo. Y cuando digo todo es: Todo. Al milímetro. La limpieza maniaca, más holgada aquí, se retomó. Nos unimos en locura. Otra vez un proyecto. Proteger la casa juntos, contener el desborde natural.

Mis padres se encargarían de la sala y la cocina.

Mi hermano y yo partimos hacia las habitaciones y los baños.

Anticipar las madrigueras. Lo primero que hice fue revisar el baño principal, el de la bañera-depósito. Abrí el botiquín. Allí fosforescían. Abdómenes irisados. Tres ejemplares de distinto tamaño en una bolsa de algodón mal cerrada. Con los aguijones dispuestos entre las nubes blancas, como esperándome. Pensé en liberarlos. Anudé la bolsa y la llevé a la cocina y los exhibí en la mesa. Punzaban tenebrosos contra el plástico. Pronto se clavarían sus propios aguijones. Todo suicidio va dedicado.

Una familia entera, admiró mi padre.

No. Falta uno, dijo mi madre.

Están todos, dijo mi hermano: Ya matamos al más grande.

El más grande, seguramente el padre, había muerto en una caja de fósforos en una mesa de noche a kilómetros de mí. Quedaban los huérfanos de la guerra. Mi hermano arrojó la bolsa al suelo. Así se hace, dijo mi padre. Los golpeó con la escoba desmenuzándolos. Hubieran salvado el algodón, reclamó mi madre.

Un duelo magnífico.

Avanzaban acerados, impasibles frente al choque en el piso de mármol. ¿Cuál atacaría primero? ¿Cuál vencería? ¿Perderían ambos y al unísono? Iba a atestiguar cómo un alacrán alcanzaba a una araña.

Mi madre dijo lárgate y los aplastó una y otra vez con el zapato.

Una tarde escampó.

No era otoño. Ni verano.

Llovía contra las ventanas. Se resguardaron en la casa, tras los vidrios empañados. Y no pudimos vernos.

Yo salí, solitario, al vagabundeo.

Miré hacia las nubes con la boca abierta y las gotas bailaron amargas en la lengua. La acequia rebalsaba. Me senté a escucharla pasar. Olía abombado. Los pies al arrastre y los insectos guareciéndose y las ramas cimbrando las últimas hojas. Aventurar, otra vez, palabras inventadas: ritmo de brotación.

Una bomba de agua.

Había una salida. Yo había creído en el desahucio. Las hortalizas y las frutas concordaban en lánguido adelgazamiento. La bañera sin inaugurar, sus mayólicas agrietándose. La casa sufría de sed. Después de resistirse a la sugerencia de mi madre, mi padre compró la bomba y le edificó una casita de cemento, la resguardó con rejas, como a una fuente sagrada. La festejamos. No eran gotas de agua. Era miel, manantial, una conmemoración, todo eso: la vida potable.

A punto de irnos a dormir, alguien llamó a medianoche. Estábamos en la casa de la ciudad.

No lo puedo creer. Mi padre colgó el teléfono.

¿Qué pasó?

La bomba.

¿Se malogró?

La robaron.

No sirves para nada.

Ella continuó con sus antorchas.

Él olvidó el machete entre los postes de las cañas de azúcar, lo abandonó oxidado, sin filo.

Nos convertimos en expertos cazadores de alacranes.

Similar consigna: diseccionar a la familia completa.

Alimenté mis colecciones. Las cajas de fósforos se transformaron en frascos de vidrio. Los especímenes, secos y tiesos, apuntándome con sus ojos, sus aguijones, sus patas afiladas, sus caparazones, sus alas imperiosas. Esqueletos mínimos en su hábitat transparente. Se los mostré a mi hermano. Petrificado, dijo: ¿Todo esto estuvo adentro? También afuera, respondí.

Partí a los diecisiete a estudiar entomología.

Alquilé una habitación con baño compartido. Antes de mudarme, le pregunté a la dueña si había agua. Claro que sí, respondió incrédula: Todo el año. Un día, el tanque reventó y el agua estuvo cayendo en catarata durante media hora. De todas las esquinas llegaban ladridos de perros buscando el origen del río nuevo.

Mi hermano se fue cinco años después que yo. Tras varios abandonos, consiguió terminar arquitectura.

Mantuvimos la casa de campo una década entera.

La ofrecieron como terreno, como si la construcción no tuviera valor alguno. Pájaros anidaron en el techo y dispersaron semillas a través de sus heces. Una débil rama brotó del cemento. La maleza no tardó en dar curso de las paredes. Picados por la nostalgia, hablan de ella idealizándola.

El segundo piso de nuestro hogar en la ciudad, por dejadez, nunca tuvo agua.

Los visito y los ayudo a subir los baldes. Los dejan a tope en el lavadero. Las escaleras son pesadas, sobre todo a su edad. Desaguo por ellos. Se niegan a mudarse al primer piso.

Un baño de oro

Me regalaba este baño, cada tarde después del colegio, yo la diosa, yo la ofrenda, yo fiesta pagana.

Nunca se las vi puestas.

Las escondía en un frasco en la repisa de la ducha, entre sus cremas.

Me las calzaba una a una, en los dedos, en el cuello y las muñecas, y enjoyada bajo el chorro, vestida tan desnuda. En las gotas de la mayólica me reflejaba. Una distorsión dorada, clandestina. El oro. Una década de migraciones, mi familia, cada gramo atrayéndolos a una costa, a cualquier puerto, a otro himno.

Antes de salir de la ducha, las secaba con toalla, las repasaba, las pulía, les soplaba mi propio aire caliente, las contaba, las devolvía a su frasco de mermelada, cerraba la tapa, y me despedía.

Va a venir mi ahijado a pintar.

¿Qué ahijado?

El hijo de una vecina amiga mía, de cuando era joven.

Los temblores habían fisurado la casa. Las rajaduras aparecían como dibujos de relámpagos trazados a lápiz. Zigzagueaban desde el techo o al medio de una pared. Mínimas grietas que obligaban a las hormigas a desviar la ruta. Mamá no sabía si el daño era estructural. Yo intentaba ver a través de ellas, qué había del otro lado, si existía ese otro lado, metía palitos y clips y puntas de grafito, los tironeaba forzándolos hacia delante y hacia atrás. Todo se quebraba. Necesitaba saber si se partiría en dos.

No lo soporto más, había dicho.

Me saludaba, desayunábamos juntos los tres. Yo escuchaba callada las anécdotas de unas calles que jamás visité, nombres, oficios, horarios, le hablaba como a un hijo, con intimidad y silencio. Tardaba dos días por pared. Raspaba con el badilejo las capas viejas, lijaba, deshumedecía. Rodillo y agacharse. Pintaba como si fuera su casa, alabábamos su paciencia, el esmero. De arriba abajo. Se arrodillaba en las uniones y se estiraba en las esquinas. Repasaba con brocha. Ningún rincón se le escapaba. Cuatro o cinco manos de pintura. Les durará mucho tiempo, dijo.

Las grietas desaparecían. Mamá, sin ojeras.

Volví del colegio y lo encontré en el pasillo hacia las habitaciones. Diluía el blanco humo con aguarrás en una batea.

Le pregunté si había conocido a mi papá.

Tu papá tenía un bóxer que lo quería tanto que se lanzó dos veces por la ventana. Se estaba yendo a trabajar y el perro loco se tiró.

Mamá me había contado esa historia como suya. Su perro. Su trabajo. Su vida.

En la trama del pintor, el perro sobrevivía. En la de mi madre, no.

El estante de la ducha y los frascos, desplazados de su lugar en la cocina. Una despensa inapropiada, húmeda, calurosa, escasamente ventilada. De mermeladas y especias a joyas escondidas en jabones. Aromas de jazmín y lavanda, de campiñas altas, pastoreos, y tumbas sin nombre.

Las descubrí y me asusté, codiciarlas. Acceder al deseo, descerrajarlo.

El atrevimiento tardó meses.

Una tarde, un lujo, me las puse, decoré, bailaban en mis dedos infantiles, en el cuello que todavía nadie. El agua las alimentaba, les suministraba una electricidad, un brillo extraordinario. En la efímera catarata eran mías.

Quería decirte que no hay que pintar el baño.

Pensaba hacerlo hoy. Tengo tiempo.

No. Retoca la sala.

Me alegró lo tajante: mi madre protegía. Y ese día me duché, odalisca, iridiscencias, enarbolada. Yo, destello. Yo, oro puro.

A la mañana siguiente, la acusación:

Fuiste tú. Es lo único que me quedaba de mi madre. ¿Cómo pudiste? Lloraba dándome la espalda. Yo estaba legañosa, muerta de sed y sueño, no entendía nada.

No te vas a mover de aquí hasta que lo aceptes.

¿Qué pasó?

El frasco. Con brusquedad lo acercó a mi cara:

Míralo tú misma.

Lo destapó y retiró los jabones uno por uno.

Yo no fui.

Los estrellaba contra la mesa. Los aromas familiares, ahora más sutiles, desgastados.

Eres igual a él. Está en tus genes. Igual a él. ¿No tienes nada que decir?

Se astillaban. Yo contemplaba los pedacitos coloridos, encerados, traviesos. Me había prohibido usarlos. Huelen muy fuerte, no son olores para una niña. Desperdigados se veían inútiles, de juguete, acuarelas y crayola con los que no podía trazar, migajas que no comería, con los tonos de la plastilina y de la tiza.

El pintor no llegó, el ahijado no volvió. Fui absuelta.

No se disculpó. No la perdoné.

Volví a la casa de mi madre.

Otra vez las rajaduras, le digo. Tienes razón. Qué terquedad. No se van nunca.

Ahora no. Te he llamado para otra cosa, para que veas esto.

Me muestra un enchufe detrás del sofá de la sala.

Conecta por favor esa lámpara.

No funciona.

Exacto.

¿Por?

Sonríe maliciosa. Toma una pinza delgada como un escarbadientes y desentornilla. Sus movimientos son precisos y mínimos; sus ojos, lupas de orfebre.

Una caja fuerte se revela. Del tamaño de una lonchera. La escucho salivar de placer.

¿Te acuerdas cuando me robaron las joyas?

La miro.

Hay algo que no te dije.

La clave está en su memoria. Gira la combinación:

Algún día te la voy a dar.

La puertita se abre. Y espío dentro y espero.

Retira con cuidado una bolsa negra de paño. Junta las dos manos, me pide. La desanuda y la vacía.

Relojes, zarcillos, diademas, collares, perlas.

Pesan, le digo.

Claro que pesan.

¿De dónde las sacaste? ¿Profanaste una tumba?

Son mi herencia.

Las hubieras vendido. Todo lo que pasamos y tenías un tesoro.

No son para vender así nomás. Eran de mi madre.

Nunca te las vi puestas.

Eso no importa. Algún día te vas a sorprender con su valor.

¿Dónde estaban todo este tiempo?

Escondidas en el sitio más obvio. Tu abuela muchas veces no se las quitaba, se bamboleaba de aquí para allá como si fueran fantasía. Si te esfuerzas en ocultarlas es peor.

Como no dije nada, siguió:

Ese maldito no se llevó nada. Estas son las buenas.

En tres tiendas de antigüedades, los mismos precios.

Intenté una cuarta. En la cuarta, ante la balanza:

Vamos a ver. ¿De quién eran? ¿De tu mamá? ¿De tu abuela?

De las dos.

Mira, estas son de 1880, quizás 1890. Pero estas de acá son bisutería.

¿Está seguro?

No es algo que pueda saberse a simple vista, acabo de rasparlas.

A combazos un albañil rompió la pared. Un cumpleaños explotó en el recuerdo, mis ocho, la edad en que el precioso frasco me descubrió al deseo. Extrajimos la caja fuerte como a un órgano aún vivo. Latía, nueva, profunda, extendida, una grieta.

Lo siento mucho. No lo sabía.

Entiendo. Voy a dejarlas por aquí. Armó un montículo. Las piezas caían unas sobre otras, se enredaban y encadenaban, se resbalaban y separaban.

Nunca se las vi puestas.

Nunca me las abroché.

Nunca me bañé con ellas, las hice resplandecer bajo el agua y las sequé intactas.

Nunca, el destello.

Y yo sé, madre, y tú lo sabes y yo lo sé, una piedra preciosa camuflada de piedra.

Al que me dijo la verdad le vendí todo.

Despiertos toda la noche

Vio la llamarada violeta y anaranjada apuntando convulsa al cielo.

Llamó a los bomberos y con lo que traía puesto, el pantalón de pijama y la camisa del trabajo, salió.

El fuego tomaba una casa angosta dentro de una quinta. Su puerta de madera crepitaba. Olor a leña, a plástico derritiéndose. La entrada era una tripa. Había un auto estacionado en medio. Cuatro mujeres abandonaron la casa caminando, una detrás de otra, cargaban a un perro con la lengua afuera. Alguien ya había avisado a los bomberos. Hagan espacio. La puerta crujió, cayó sobre el auto y las llamas lo tragaron.

Es mi carro, necesito entrar y sacar las llaves.

¿Qué llaves?

Las de la bóveda del banco, soy asistente de gerencia.

El jefe de los bomberos la protegió y la muchacha pudo rescatar las llaves. Era una de las chicas que había escapado con su madre y sus hermanas y el perro.

Algunos vecinos de la quinta observaban desde sus ventanas, muy cerca de las llamaradas, sin salir como les pedían, qué desgracia, pobre gente.

El jefe de los bomberos le preguntó a la muchacha si le quedaba algún pariente adentro.

No.

Es que hay un muertito.

¿Dónde?

En las escaleras, delante del hueco de una puerta. Y está así.

La muchacha gimoteó:

Es Julio. Vivía en el sótano.

Quién sabe por qué no salió.

Estaba haciendo golosinas.

Va a llegar la fiscalía en cualquier momento.

Debe estar en la puerta de mi cuarto.

¿La casa es de ustedes?

No, no, yo alquilaba una parte para mi familia.

Cálmate.

Es que Julio me tocó la puerta muy fuerte. Yo creí que era un ratero que la quería tumbar. Me estaba avisando.

Algún pariente vendrá y esa es la peor parte.

Llamé a los bomberos pero me dijeron: Te has equivocado, tienes que llamar a la policía.

Él estaba junto a las chicas y su madre. Permaneció a su lado durante la madrugada, hasta que la fiscal llegó. Hasta que los bomberos lanzaron una alfombra empapada, lo único que se había salvado, además de las llaves de la bóveda. El jefe de los bomberos dijo que las escaleras no tenían la medida correcta, funcionaban como un tragaluz y el tragaluz, una bomba de tiempo, con frazadas, balones de gas, Julio había querido avisar, todos los que tenían familia salieron, incluso el perro, en la fábrica clandestina de Julio había comenzado el fuego, las paredes podrían caer por el peso del agua, inhabitable, seguramente…

La madre: Ya no siga, por favor. Entiendo lo que dice, solo que toda esta información me parece nueva.

El jefe de los bomberos se despidió adentrándose en la quinta. Con cansancio y delicadeza pateó un bulto: ¿La deja aquí?

La madre asintió a distancia.

La alfombra parecía un acuclillado devolviéndole la mirada.

Él seguía cerca de las mujeres, sin decir nada, hasta que:

¿Le gustaría venir con sus hijas a mi casa? Vivo a la vuelta. Tengo espacio.

Les ofreció la cama en su habitación y el sofá-cama del otro cuarto. Dijo que dormiría en la sala.

La madre, de inmediato:

Dormiremos todas juntas.

El perro le gruñó, desconfiado le mostró la panza y él la acarició. Quería saber si están bien.

Todas observaban la calle a través de la ventana de su habitación y ninguna volteó a mirarlo. Sentadas al borde de la cama, cuatro rígidas nucas. Solo el perro brincaba, lejos de todo, pedía subir. Una flama potentísima, bocanadas al cielo. Inextinguible. Una cadena de humo. La misma imagen que él había visto, desde el mismo apuro. Pronóstico de dispersión de cenizas: encima mismo de sus cabezas.

Otra vez no, dijo una de las hermanas.

Tenemos que ir, dijo él. No, mejor voy yo.

Se quedan aquí, dijo la madre. Nadie sale.

Al rato, la hermana mayor:

Parece un cohete. Un cohete a punto de irse al espacio.

Él recordó que los rayos sí pueden caer dos veces en el mismo sitio; la chica, alienada, como viendo el incendio por televisión, una casa ajena en llamas, jamás la suya.

La menor de las hermanas, todavía una niña, toda risa en un chillido: ¿Un cohete? Nadie la detuvo. Yo no sé qué haría sin Fico, lo tenemos desde que nací, ¿dónde lo habríamos enterrado?, ¿en el parque?

Nadie le respondió.

Esperaron en silencio. Después sabrían que los bomberos se repartían en otros incendios. No había agua ni camiones cisterna.

Ellas se turnaron para bañarse.

Al amanecer les dijo que podían quedarse unos días más. La madre se despidió: Nos vamos con mi hermana. Gracias por todo.

Él llegó tarde a su trabajo. En su escritorio, la mente en blanco.

Hueles a humo, le dijo su jefe. Solo eso y siguió de largo.

Una vez le había gritado porque llamó chicos a los gerentes. Salgan, chicos, les dijo durante un temblor y les abrió la puerta. Ellos no evacúan, le dijo su jefe, ellos no son chicos. ¿Cómo se te ocurren esas confianzas?

No había tenido tiempo ni cabeza. Se dio cuenta. Humo y más humo. Tosió y, al sonarse, un halo negro tiznó el papel de hollín. Como recién salido del fuego.

En ningún momento pudo concentrarse en sus tareas. Dejó que los correos inundaran su bandeja de entrada, mañana respondo, pasado respondo, el jueves respondo, no pasa nada.

Al volver a su casa se dijo: basta.

El fin de semana, sus padres lo visitaron como siempre. Deseó que ojalá esta vez su madre no ridiculizara a su padre, su secreto deseo de todos los domingos, ¿dejaría de asombrarse ante la capacidad materna de arruinarlo todo?, ¿podía caber tanta fealdad en alguien tan hermoso? Algún día la mandaría a la mierda, ese día todavía no había llegado. Antes apuraba el fuego con aceite. Usó papel entre el carbón y vigiló las brasas. Les invitó hamburguesas. Limpió su mesa de centro, como nunca, la sacó al cuadrado del patio y almorzaron ahí. El cielo tupido, nubes sin coraje para la lluvia. Por un instante sintió una paz plena y muy rápido se inquietó, vistos desde arriba, con seguridad, una familia.

Una sonrisa encantadora, la madre:

Está riquísimo, ¿cuándo cocinarás así para una novia, para una esposa?

El padre:

Va a cocinar así para Jorge.

¿Qué ha dicho?, pensó él, ¿quiere que todo arda?

La madre: Muy gracioso. Muy. Y siguió masticando.

El hijo estudió su boca, el verdadero color de los dientes es amarillo, no glaciar. Mirándolos a los ojos:

No hay un Jorge, pero hubo un Pablo. Y antes un Antonio.

El padre sorbió su cerveza.

La madre: ¿Qué?

Él: Lo que escuchaste.

La madre fingió una arcada:

¿Qué hicimos mal?

El padre: Nada. Y todo. Es así.

La madre se levantó:

Pero estuviste con Carmen. Yo quise mucho a Carmencita. Mucho antes de Pablo.

La madre los apuntó con su cuchillo:

Ustedes se llamarán igual pero les juro que ninguno es un hombre.

Lanzó el cuchillo a una maceta, trasquiló sin querer un cactus, corrió al baño diciendo que iba a vomitar: Es el peor día de mi vida.

El padre agarró su cerveza: Tú tráeme un hombre, una mujer, un alien, mientras te soporte, yo contento.

Él tomó la mano de su padre y la sostuvo en silencio. Salud, dijo luego. Y bebieron.

La madre se devolvió al patio toda llorosa, el maquillaje corrido:

¿Estás con alguien? No, mejor no me digas. No quiero saber.

Estoy solo.

¿Por qué nos lo cuentas ahora? ¿Crees que nos vamos a morir pronto y sientes culpa? ¿Es por eso? Porque te lo digo y te lo repito: No nos vamos a morir.

El hijo recordó. El lejano incendio tan vivo.

La tinta negra del delineado como afluentes de un río sobre los labios:

Solo diré esto y escúchame bien. Si fueras un asesino te visito en la cárcel. Si fueras un vividor te regalo los condones. Eres maricón. Dime tú qué hago con eso.

El padre al hijo:

No la escuches, no vale la pena.

A su esposa:

Tú eres la que me avergüenza. Me voy.

Hecha un silencio, la madre se levantó. Con falsa calma se abotonó la chompa. Escupiría llamas esta mujer, pensó el hijo.

El padre: No. Tú no.

El hijo lo siguió.

Salieron juntos de la casa.

Caminaron callados hasta el parque. En el cielo crepuscular las nubes persistían. Vieron un perro suelto que llevaba collar, un olfatear presuroso. Volvamos, dijo su padre, yo no me puedo hacer cargo de él, ni tú.

A dos días de la Navidad, su madre lo llamó para desinvitarlo en Nochebuena. Tú sabes bien por qué. Como hacía desde sus primeros trabajos, él le había cedido el vale del pavo que le entregaban en la oficina.

Le dijo:

Te puedes ir a la mierda, mamá, y no me des tu dirección.

Una hora antes de la Nochebuena, le tocaron el timbre con insistencia. ¿Quién podía ser? No esperaba a nadie, no esperaba nada. Su padre le mostró una cacerola. Puré de manzana. El robo humeando caliente.

El pavo pesaba mucho, ¡hubieras visto su cara!

Yo tengo esto. Le regaló una camisa.

El padre fingió ofenderse: Pero si odio las camisas. A ti te gustan.

Por eso mismo.

Esa fue la última Navidad que pasaron juntos. Su padre murió de un infarto en febrero. Solía decir: Quisiera morirme del corazón, sin sufrir.

Desde el velorio no había vuelto a ver a su madre. Ella lloraba, repartía gaseosa, narraba cómo lo había cuidado, servía bocaditos, yo le preparaba comida sana, lo obligaba a hacer deporte, lo protegí más que a mi propio hijo. Viví para él hasta el último día, ¿y ahora?

Borró el número de su madre de los contactos del celular. La palabra «Mamá» desapareció del listado. Cuando lo llamaba, ella decía hola y se quedaba en silencio esperando, y el hijo: ¿Quién es? Y a los amigos: No exagero, recuerdo su voz tanto como la olvido.

Una lengua extranjera

Nueve años como nueve meses.

Hasta hacía no mucho tiempo, la vastedad desconocida, el mismo lapso que tomaría viajar a Marte. Una ida sin vuelta desde la invivible atmósfera.

Su mujer había tenido una pérdida. El doctor dijo que era casi normal en madres primerizas. Nadie sabía por qué.

Nació el niño. El padre lloró y todos pensaron que había nacido enfermo. Sin embargo: Es lo más hermoso que he visto nunca.

Le mostraron cómo asearlo. La piel grasosa se le escabullía. El redescubrimiento de la impermeabilidad en el cuerpo del hijo. Te esperé nueve años. Lo acunó en su pecho y respiraron al compás y se durmieron. En sus sueños, entre todas las cosas que no sabría enseñarle, navegar sobre mares plagados de medusas. Recuperaría sus barcos a escala. Con su padre había aprendido modelismo naval. Tallando y lijando madera perfilaron juntos un mascarón de proa. Se había lucido pirata y altivo en una obra de teatro. El nombre de la madre inscribiéndose a estribor, varias capas de barniz, fiel bandera. Los dos llevaban mucho tiempo muertos. Ahora, con el hijo en brazos, el padre no imagina más la vida sin él.

El niño arrastra el canasto de frutas, ruedas lo corretean por la cocina. El pecho desnudo. Va descalzo. Duda, otra duda y se suelta. Camina diminutos pasos entre las manos listas, ese mismo día corre, corre cuesta abajo las rodillas enlodadas hacia un laberinto de arbustos donde perros se marean y se pierden y él, risa cóncava sin miedo, puños en alto.

La madre recibe una beca. Había postulado sin mencionar el embarazo. Mudanza de tiempo indefinido. Nos quedamos todos, vamos todos. La madre parte con el hijo. El padre viajará de visita. No te faltará nada, yo te apoyo. Todos los días, secretamente: me arrepiento de haberlos dejado ir. Y también: era lo mejor.

El padre recrea en los niños del parque, en el arenero, en los vagones de la locomotora, un gesto del suyo.

El hijo aún no habla. Suena. Necesidades acotadas en letras partidas. Comida y leche y sueño y devoción por la madre. Reaparece en forma de beso cada mañana. El pediatra: No se preocupe, está eligiendo su idioma. Una vez que hable, hablará para siempre. Qué tremendo, piensa ella. Alardea en su mente un lenguaje secreto.

En su país natal, el padre lo inscribe en el colegio. Reserva un cupo. Todavía no hay fecha de retorno. Lo imagina un estudiante aplicado, le proyecta un futuro, lo recogerá desde el portón, se hará visible, ahí estaré.

El niño es tremendo: señala, ordena, juega, recibe.

El padre a su mujer: No le hables más en español. Que aprenda el idioma que para eso ha ido. Podrá hablar español a su regreso, lo escuchará en todos lados.

Única promesa entre incertidumbres, respeta la exigencia. Sabrá que lo hago y estará menos triste. Le habla al hijo el idioma nuevo. Idioma que ella conoce bien. Su familia quiso que lo perfeccionara de chica. Le habían dicho: Es el que comienza todas las guerras.

El niño olvida la lengua materna. En la voz encantadora, un tartamudeo. El doctor: En la adolescencia se le irá. Toda la vida, cuando esté junto a la madre, se le intensificará con resonancia. Él, sin comprender la fractura. Un continente íntimo ha sido separado de su nombre. Ni cuándo ni por qué desprendido. Adonde vaya, en su propia ciudad, en su misma calle, en las fronteras de su ser: estará de paso.

El padre viaja por primera vez a reencontrarse. Entre aviones revisa el trayecto total. Desde que nació, hemos estado más tiempo separados que juntos. Yo les pertenezco. Hemos tenido lugar. Tanto que contarse. Todo puede ser dicho. No sé cómo los dejé ir.

En el aeropuerto se arrodilla al primer abrazo. Su hijo le habla. Susurro a la altura del corazón.

Y no es verdad que se entienden.

Y no es verdad que no se entienden.

LOS ANIMALES EN LOS CUERPOS DE MIS HIJOS

HUELEN A SUDOR ANTIGUO. Los trajes de gomaespuma corresponden a otros cuerpos. Arrancamos una malla de licra atorada en uno de los pies. Puaj, dicen, ¡qué asco! ¡Yo no me voy a poner eso!

Mi hija es un elefante. Mi hijo, un ratón.

Los ayudo a vestirse, los llevo frente al espejo y sonríen, se sienten de gala. Han elegido a sus propios animales. La zoología de nuestra casa es peculiar, el ratón no le teme al elefante.

Mi hija se ha convertido en mi animal favorito.

Y hay algo que no puedo contarle: a los elefantes que perdieron a la madre se les amarra una colcha alrededor del lomo. El peso reemplaza la trompa, adonde van a refugiarse. Aunque la colcha sea lavada y mezclada con otras, siempre reconocerán su olor. Si cargan la misma colcha, semana tras semana, mes tras mes, durante sus primeros cinco años de vida, sobrevivirán.

Debo extremar el cuidado.

Te volteas y ya no están. Alguien los tomó de la mano y no fuiste tú. Te volteas y renacen en otra familia. Tienen nuevos nombres y apellidos y apodos entrecomillados. No voy a privarme de ver a mis hijos transformados en seres sin preguntas. Hoy no.

Ella, una burbuja gris acolchada. Él mordisquea, aburrido, un trozo de queso. No te lo comas todo, es parte del disfraz. Los cepillo y les amarro el pelo. En sus ojos hay la voluntad de una estampida. ¿Debo pintarme manchas, pegarme bigotes y embestir? Yo no me puedo convertir en otra cosa.

Me pongo las medias y lustro los zapatos con los pies. Me tomo mi tiempo.

Antes de abrir la puerta de calle:

Solo tocaremos los timbres de las casas, nada de edificios.

¡¿Por qué?!: ella.

Él es un no.

Si se pierden por los pasillos, ¿qué sería de ustedes sin mí?

Toda la cuadra es un silencio.

Las ventanas oscuras, como tapiadas. Cuando yo era chico a los tacaños les lanzábamos huevos contra la fachada. Claras y yemas en mescolanza, se chorreaban y quedaban pasmadas. Les imaginábamos una vida horrible. Romperles las ventanas. No nos atrevimos. Puerta marcada, casa detestada, era la contraseña. No es momento de andar desperdiciando.

Como un domador, mantengo a dos animales amaestrados avanzando junto a mí.

Tocamos los timbres de las casas. Delante de las puertas chillan su impaciencia.

Escucho algo. ¡Ya vienen!

Observo las puertas y a los niños. Siento un pavor hondo. ¿Qué puedo hacer? Soy alguien que espera.

Saltan poderosos y despabilados y exigentes.

¡Ahorita, ahorita!

Los animales en los cuerpos de mis hijos se ven baratos, tal cual, de reventa. Los ratones son la segunda especie en poblar la tierra; el elefante africano está en peligro de extinción.

Es terrible saber que nunca podré hacer algo por ellos.

Los niños ríen y esta noche. Ríen y la vida.

Tocamos todos los timbres, de casas y edificios. Rííín, suenan, urgidos, coreados. De nuevo, rííín. Les advierto, una vez más:

No ingresaremos a los pasadizos. Afuera. ¿Está bien?

Esperamos resistencias. Nuestras bolsas insisten: nos escucharán.

Desearía ser un tigre. Mi agilidad es de tortuga. Voy recogiendo del suelo, una a una, las golosinas morosas. Nos esquivan y mis hijos me siguen o yo. Bajo la luz ámbar de los postes, la vereda brilla color caramelo. Deberíamos dejar algunas aquí y volver mañana temprano, atestiguar las faces, los chisporroteos al sol.

Corremos y maravilla y acumulamos, debajo de las ventanas altísimas y de los ojos recién llegados que nos calculan.

Observo a mis hijos una vez más y deseo para ellos la memoria de los peces, doce largos días, no la memoria eterna del elefante, no la mía.

Domingo

Una vez, un domingo (¿la infancia es una sucesión de domingos en los que uno nunca se sentía solo?), partí con mis padres a visitar a unos tíos lejanos, lejanísimos.

Mi madre manejaba y mi padre le iba indicando, en esta doblas, muy confundido y exigiendo velocidad, nos llevó por calles que ninguno conocía. Flanqueadas por piscinas inflables, pegadas unas con otras: las veredas habían desaparecido. Los vecinos salían de sus casas a la piscina elegida, propia o ajena.

Le pedí a mi madre que se detuviera.

Mis padres. Ruido blanco. Líneas. Puntos.

Yo atestiguaba la natación en carnaval, los pies en salpicadera, las graciosas orcas que se impulsaban hacia arriba y que volaban por encima de niños chillones, las piruetas de los baldes al ser lanzados y recogidos y esquivados y otra vez reemplazados por las orcas, los flotadores redondos con sus centros de persona.

Mi madre: Esto es la felicidad.

Yo pensé lo mismo. Deseé nadar con ellos.

Mi padre: Eso es lo que tú crees.

Alguien pidió ayuda con su piscina. La quiero vaciar. Cinco barrigas contra la tela de plástico. Exprimían los bolsillos de sus shorts, resbalaban. Ese era el método. Volcadura por presión de panza. Oleadas. El agua inundó, afluente calle abajo como risas inventando pantanos, pozos, diluvios de una semana.

Sacando un brazo, mi padre señaló un aniego:

Qué paradoja. Toda esta agua agrieta el suelo y las grietas son como las que deja una sequía.

Después miró su reloj y dijo que se hacía tarde. ¿Para qué y por qué se hacía tarde? ¿En qué huso horario vivía él con relación a su apuro? No encontramos la dirección de mis tíos. Volvimos a casa olvidando la promesa de visitarlos.

Define a tu padre.

El apurado. Se persigue solo.

La sensación de la felicidad volátil la reconocí poco tiempo después en los avances de las películas en los cines. Todos los chistes, cada una de las revelaciones, los secretos, los enigmas, las personalidades, incluso los finales convertidos en puentes intermedios de la trama. Mostraban demasiado. Y cuando uno veía la película, instalado en su butaca, se reía con los amigos en franca risa, como broma escuchada por primera vez, escondiendo el sabotaje, la cólera, la tristeza del asombro sin sorpresa. Y así es hasta hoy.

Ahora lo sé. Mi padre me enseñó a partir.

Dejó a mi madre a tiempo. Él: Dejé a tu madre a tiempo.

Aprendí que el tiempo de mi padre era solo suyo.

Ella: Yo llego más lento a los acontecimientos.

Mis padres eran profesores de matemática.

Había visto sus piernas metamorfosear en raíces. Les permitían sentarse. Ellos, erguidos junto a la pizarra, como si los hubieran acusado de una desidia crónica. Trabajaban en la misma escuela desde su juventud. Aunque permanecían todas las horas dictadas de pie, se aventuraban alrededor de las carpetas y de su propio escritorio, en estado de alerta, verificando si estaban siendo escuchados y comprendidos. Atención. Pequeñas estatuas realistas cuyos ojos te miran azorados desde cualquier ángulo.

Mi padre, enérgico, casi gritando: Los números van a servirles toda la vida. Hablaba sin parar, a la velocidad de la luz. ¿Se te cansa la lengua alguna vez?, quería preguntarle.

Mi madre, como en casa, hablaba menos. Podía gastarse una tiza por hora. Seno. Coseno. Tangente. Hipotenusa. La pizarra, una abstracción, un garabato que muta.

Más tarde, ninguno seguía hilvanando pensamientos alrededor de la matemática. Enseñarla era un oficio. Geometría en griego: medir tierras. Mis padres se medían a sí mismos. Pelear lo cotidiano. La tacañería de él, cierto despilfarro en ella.

La acusó de tener un amante. Un profesor de historia, cinco años menor que él. Estaría en todo mi derecho pero no es verdad. Mi padre insistió: Me niego a ser un chisme de pasillo. Entonces no lo seas, dijo ella.

Yo pensaba: lloren, griten, demuestren físicamente. Imitemos a los griegos y a sus platos. Si se detestan, el odio tiene una forma y muchos ruidos. No, hijo, no nos odiamos, dijo mi madre. Respuesta rápida, dijo mi padre: Somos dos paralelas.

Yo era pura experiencia corporal. Manifestaba.

Fue mi tiempo de la doble vida, del doble turno: tenía dos casas, dos habitaciones, dos camas, dos tipos de desayuno, sentado o a la carrera, dos rutas para ir a estudiar, una secundaria, dos adioses.

Jamás he sido bueno con los números. Tampoco me dediqué. Me copiaba en los exámenes y respiraba con las justas. Me aterrorizaba imaginarlos como profesores particulares. Los míos. Yo, bien sentado a la mesa, los pies relajados sobre una silla, permitiéndome esa indulgencia. Ellos, uno a cada lado, un estarse de pie marcial, en conjunto complementario, probándome como al hijo obcecado de otro. Mi padre mirando el reloj. Cada segundo yo me le iba.

Apenas mudados a otra casa (nuestra única mudanza juntos, de la que salimos perdidos, vueltos veteranos), mi padre necesitaba ahorrar tiempo viviendo más cerca de la escuela, en el recuento final, mi madre lloró:

Nos falta la maleta con todas las fotos.

Nos trianguló su jubilación.

Algunos domingos se juntaban en la misma casa a comer dulces con crema pastelera. Me pedían que los acompañara frente al televisor. Tranquilo, todavía no comienza, mi madre. Ven rápido, ya arrancó: mi padre. Cuando en el noticiero: «El accidente sucedió aproximadamente a las dos y quince de la tarde...» o «El terremoto sobrevino cerca de las cinco de la madrugada», estallaban:

¡Las horas no se aproximan, son exactas!

En un país a catorce horas de distancia del mío, en un mercado de pulgas, encontré la foto de un aviador. Entre imágenes de familias anónimas y postales fechadas en 1940:

Perteneció al Ministerio del Aire, es una buena pieza. Mírela bien.

Démela que se la compro.

Inmerso en el marco punteado, el hombre apoyaba una mano enguantada sobre el fuselaje de su avioneta. Llevaba los lentes sobre la cabeza y los ojos cerrados. Los ojos cerrados se sometían a cualquier especulación: ¿acababa de sentarse? ¿acababa de aterrizar? La placa inscrita en una de las alas, el año en que nací.

Anoche, en un bar, estuve listo. Mostré la foto:

No solo tú. Yo también tuve un padre que fue piloto y sobrevivió a la guerra.

Así es como te inventas un padre.

En Hiroshima, cuando miles de cuerpos se volvieron ceniza, sus relojes se estrellaron contra el suelo, detenidos a una misma hora. Si mi padre se diluyera en el aire, sus relojes seguirían sonando, minuteros como bombas, vivirían más que él.

El reloj que le regalé sobrevivió a su muerte cuatro años.

Me había dicho: He tenido una vida mediocre, lo sabemos, tú tienes que decir que fue excepcional. Solo eso te pido.

04:02.

A esa hora se paralizó, la pila sulfatada. La pila es un corazón, mi padre y su reloj murieron de lo mismo.

Heredé su teléfono. Manténgalo, es un número singular, me sugirieron en la empresa telefónica. Repartí el nuevo dato de contacto. Esperé que alguien llamara preguntando por él.

Mi madre le sobrevivió a mi padre dos años y medio.

Fui a darle de baja en el padrón de la municipalidad:

Señor, su madre lleva más de dos años fallecida. Debemos cobrarle una multa.

¿Por qué?

Por no avisar.

Quise decir: ni yo podía avisarme que había muerto.

NO RECUERDO HABER ENCENDIDO ESTE CIGARRO

TENGO DIECIOCHO de la cintura para arriba, dice.

Ha vivido como cada uno de los cigarros que ha fumado, en ignición.

Mírenlo comprando las cajetillas que vienen sin fotos de condenados, ni siquiera advierten sobre daños a la salud. Mírenlo armar figuras con ellas y ser un niño de aviones

saltos

paracaídas

Mi padre:

Me lanzaba desde los diez mil pies de altura. He nacido para llevar uniforme pero serví entre guerras. Corea y Vietnam.

Dice que en esa época había que morir por algo y ahora hay que morirse de algo. Le he preguntado si alguna vez tuvo que matar a un hombre. Dice que la mayoría ya están muertos antes de que alguien los mate y que ve morir hombres todos los días. ¿Qué opinión tiene de la guerra?, lo encuestaron por el Día del Veterano. Respondió: Yo he vencido.

Me regaló su encendedor plateado con un águila dorada, memorabilia de su pasado militar en Estados Unidos. Se atasca y la cuña del petróleo no corre más, quizás por eso. Conserva un casco oxidado en la guantera. Lo usa como urinario en la fila de las revisiones técnicas. En el ejército no le permitían el bigote, había mantenido el suyo desde los quince años, con carboncillo se lo pintaba en cada foto oficial, una raya negra en el bélico entorno pastel. Fumaba a escondidas, contrabandeaba cigarros. En la cocina los enciende directo de la hornilla. La cara al fuego. El bigote, los pantalones y las camisas, la cortina de la ducha, la unión de las mayólicas, mangos y asas. Todo tiene marcas: centro incandescente, borde quemado. La lumbre de mi padre es un incendio sin humo.

Tengo un hermano insular.

Vive de isla en isla estudiando la migración de las algas en calma y turbulencia. Ficólogo. Tiene un catálogo de algas secas, su particular álbum de familia, y ha inventado un color: el verde alga.

En el segundo año de universidad mi padre lo ayudó con un experimento. Rearmar el esqueleto de un animal. Mi hermano recibió el cuerpo, lo trabajó en una olla. Charcutería. Es vegetariano desde entonces. Nadie vio qué. Asumimos: gato, perro, pericote, paloma. Silvestre o domesticado, igual de espantoso.

Desplegó los huesos sobre la mesa.

Sonaron como piedras ajadas, matracas infantiles, hormigueros rotos.

Y el hijo no quería, no podía.

La olla, echada a perder por la cal. Una grasa lívida, tibia, se había pegado a sus paredes, la piel había desaparecido.

Ayúdame, insistió el hijo.

Primero hay que botar la olla. Apesta. ¿Por dónde se comienza?, dime. No quiero saber dónde conseguiste los huesos. No te preguntaré cuánto cuesta el kilo de hueso.

El padre recordó el accidente infantil: se había roto un ligamento y un tendón de la rodilla. Una fractura imposible. Lo que nadie se rompe te lo has roto tú. Un resbalón en la ducha. El hueso busca unirse al hueso y debían anestesiarlo, romperle la pierna en cada soldadura, estallaban los fragmentos imantados. El dolor agudo de la fractura obligatoria y el no vas a poder correr nunca más. No lloró, no le gustaba correr. Había nacido sin prisa.

Estos huesos han perdido la prisa, pensó el padre.

Le pidió pegamento al hijo y articuló. Hueso sobre hueso. Como un dentista sobre el paciente, la luz de neón de la cocina, una lámpara quirúrgica.

El hijo se fue a dormir. El padre trabajó toda la madrugada. Sin testigos. Olvidó instrucciones y encargo.

A la mañana siguiente, en vez del pan en la mesa, una reconstrucción.

El hijo: ¿Qué es esto?

El padre: Lo que tú quieras.

Después de mucho tiempo, volvimos ayer a la playa.

Le pedí a mi padre ir al agua conmigo. Se cortó la mano izquierda con el mango de la silla. No soltó el cigarro. Cayó sangre a la arena, mi padre la revolvió con el pie. Tengo fragilidad capilar. Mi madre: A mí me salen peores cosas en los brazos. Caminamos pisando los restos de la orilla, percudidos como los ahogados, caracoles, cangrejos, colillas, algas. Mi padre ingresó con el cigarro al agua.

Nos vamos a quedar sin piso.

Todavía no.

Conocemos este mar en nuestros brazos. Se retira bravo, vuelve embravecido. Merodeamos. Boqueamos. Pataleamos. Sal en los ojos, sal en la boca. Antes de hundirnos, llegué a escuchar a mi madre gritando que nos cuidáramos.

Me estoy muriendo.

¿Cómo sabes?

Lo sé.

¿Y mamá?

Nos conocimos jugando a las cartas, éramos los que siempre perdíamos.

¿Y ahora?

No hay sorpresas. Solo te pido que no se lo digas a tu hermano.

No puedes pedirme eso.

La costa se distanciaba. Un hombre remojaba a un bebé desnudo, tres niños brincaban en una piscina de plástico. Mi padre había dicho lo que había dicho y nada se había detenido.

Él: Salgamos con esta ola.

Lo tomé del brazo malo y se quejó.

Se puso la camisa sobre la piel erizada. Mi madre encendió un cigarro, le dio una pitada, lo miró abrigarse, se acercó a él y se lo calzó entre los labios.

Le molestaba que los hombres fueran los únicos autorizados a cargar el ataúd de su padre. Talón-punta, talón-punta, se bamboleaban calle abajo. Asomados a sus ventanas, los vecinos contemplaban el desfile. El humo del sahumerio flotaba gris por encima de las cabezas. La esposa avanzaba en su proscenio dejándose caer en los hombros de dos amigas; tres velos negros. Y ella caminando detrás, ella que no cantaba, al final del coro de mujeres. Su hermano, sin conseguir volar. Varado por mal clima en el último tramo: Yo también hubiera querido llegar a casa uniendo a nado todas las islas.

Su padre lo había conseguido sin pedirlo. Avanzaba rodeado de adoradores. Cuatro ancianos con uniforme militar intentaban mantener el paso, una escolta sensible y caduca.

Se abrieron las rejas del cementerio. Un muchacho que esperaba tras las rejas se acercó:

También soy su hijo.

Se parecía a su hermano y no era su hermano.

Este tenía labio leporino. Había nacido en cicatriz. ¿Quién era su madre?

Bajo el silencio de todas las miradas, pidió cargar el féretro. Sin palabras, le dieron la oportunidad. Se acomodó el ataúd en los hombros.

Un instante a cambio de treinta años de verdades de su padre.

Ahora que está muerto por fin mi padre está completo. Se ha armado en cada uno de nosotros. Todas sus distintas caras. Para eso muere un padre.

LAGARTIJAS

¿LOGRA UN NIÑO DETENERSE en su persecución de la lagartija? Si le amputa una pata en vez de la cola, esperando que vuelva a crecerle, ¿de qué la ha despojado? Sin escalar, sin ligereza. Coja es menos lagarto que nunca. Camina hacia ningún verano.

Como ella, yo también he perdido. Vivo aquí. Mi carpa es un catálogo y un desorden. ¿Puedo decirlo? Frente en alto, desposeído, mi cuaderno, un lapicero, no necesito más. Durante días enteros me repaso.

El niño que me espía desde hace dos semanas no se detuvo. Me contempló, de pie desde lo alto del muro –hice visera con las manos– más valiente que yo y más seguro, y lanzó la piedra definitiva.

Este niño no sabe,
yo no tenía cómo saberlo,

acudimos al simulacro y era la hecatombe, fuimos en pijama a enterarnos de nuestros muertos, nos despellejó una bomba mientras dormíamos y la bomba era invisible, insonora, hemos desollado a un vecino, decapitado y dado los huesos a los perros, fuimos deportados, nos negaron visa, pasaporte, salvoconducto, contraseña, se nos hizo sentir apátridas, lo hemos sido realmente, se nos auscultó en la frontera, desnudado, regresado tal como estábamos vestidos, en inapropiados pantalones de verano, nos separaron de nuestros parientes en dos filas, hemos acusado sin haber visto ni escuchado, hemos insultado, acosado, presionado, soltado la mano, estirado una barba, hemos escrito el epitafio, cedido sin resistir un día, lo entregamos todo a cambio de nada, nos denunciaron para salvarse –alargar sus horas– y no se salvaron finalmente, hemos creído en la genialidad y en la locura, no fuimos locos ni geniales, saludamos la conquista, la aplaudimos con una sola mano, hemos sido hijos de la abnegación, voraces del sacrificio, intentos mil veces intentados, el cuerpo que cae del último piso, energía suplementaria, el virus que da la vuelta al mundo, una sílaba, hemos sido reducidos al error, nos hemos reído del fracaso del otro, hemos sido el fracaso del otro, cargamos un barco a través de la selva, somos el barco y la selva, y qué sé yo,

He contado cinco lagartijas alrededor de mi carpa.

Presencia de dinosaurio a escala, color canto rodado. ¿Son una misma familia? Somos pacientes. Parpadeamos. Sospechamos. Una de ellas, toda erosión y rendimiento, tiene la cola a medio hacerse, el muñón como de otro material, una tela extraordinariamente suave, chifón o seda.

La postiza no se parece a la pieza original. Su color es desigual, reconstrucción verde grisácea. Es lista y se aísla a tiempo. Voy a buscarle un buen nombre.

La regeneración de la cola de una lagartija toma cerca de dos meses, resurge a partir de un desprendimiento. Voluntario: la dejan caer frente al depredador y él se queda excluido de la fiesta. Involuntario: el depredador ha tenido éxito.

Las lagartijas son los únicos seres, además del hombre, que pueden regenerar una parte entera de su cuerpo sin saber de cicatrizaciones.

Deseo para mí su anatomía caudal.

Juntos despistamos a nuestros enemigos naturales: los perros y los niños.

Las lagartijas no se extinguen.

Yo soy tan solo un viejo y así es el mundo.

Nosotros, los náufragos

Mi padre y yo nos hemos convertido en guerrilleros.

Le grito: Vamos compañero, hay que luchar hasta el final.

Excepto por su barba y la emotividad, nuestro sueño no tiene nada de revolucionario.

Persevero del lado de los vivos mientras mi padre señala sus deseos, cada vez más pequeños, más ridículos.

Se enoja, mira hacia la ventana, dice: Lárgate.

Vuelvo a casa.
La ciudad hace silencio.
Apenas un perro. El mío.
Hemos perdido el ladrido, no la rabia.
Las plantas salpicándose desde sus macetas.
Todo lo que quiero sigue vivo.

La amargura de mi padre me enfurece y poder odiarlo me consuela.

Sus frases salpicadas de:
Yo nunca
Yo hubiera
Yo debí
Ojalá yo

En la ambulancia pide mirar hacia la puerta.
Siempre es mirando hacia la puerta, le dicen.
Su brazo libre:
Aquí paseé con tu madre.
Aquí vivía mi sastre.
Aquí quedaba mi dentista.
Aquí veníamos a comer pasta.
Aquí me prestaste tu bicicleta.
La ciudad lo despide:
Él estuvo aquí.
También fue un niño.

Me llama.

Me toma del brazo mientras habla, no lo suelta. Su mano, antes garra, compresa, torniquete, ahora solo una mano.

Manos de pianista.
Manos de escultor.
Manos de basquetbolista.
Manos para dar cachetadas.
Eso decían de sus manos.
Eso dicen de las mías.

Se alimenta con las dos manos, un bocado detrás de otro, con la misma avidez de quien recupera el placer de los sabores.

Tiene las piernas paralizadas. Una se levanta por reflejo. Está levitando, dice.

Le cuento que una mujer me pidió compartir mesa en la cafetería. Todas las mesas estaban ocupadas.

¿Y cómo era?

Tenía más o menos tu edad. El pelo cenizo. Guapa. La voz grave.

¿Y qué te dijo?

Me dijo: Yo soy dios. Pensé: está loca. Cómo la habré mirado. Se explicó: Soy controladora aérea.

Ah, ¿llegas tarde por eso? ¿Por desayunar con dios?

Una tarde recuerda:

Cuando tú eras chica dijiste: «Si algún día muero»... y yo te corregí: «Algún día vas a morir, tú y todos nosotros, y por eso se dice: cuando yo muera».

Mi padre tiene prohibido recibir el periódico. Se los llevo camuflándolos en la bolsa del papel higiénico. Recorta y guarda titulares en la clandestinidad. No le dan tijeras en el hospital, usa los dedos. Sus fragmentos, con los bordes irregulares, alguna letra ausente que completamos. Los esconde en cajas de medicamentos. Me muestra su resumen de vida, el noticiero peculiar, los titulares del internamiento:

SI FUERAS UNA CIENCIA, ¿CUÁL SERÍAS?

ENJAMBRE DE ICEBERGS

UN SISTEMA PARA DETECTAR LA GLUCOSA EN LAS LÁGRIMAS DE LOS DIABÉTICOS

EL VERSO NUNCA ES LIBRE

SI CORRES DURANTE 40 AÑOS, TU VIDA SE ALARGA 3 AÑOS MÁS

¿POR QUÉ SE PRODUCE LA LLUVIA DE PECES?

Dice: Qué bueno que no me suscribí al diario este año.

El luto comienza antes que la muerte.

Corro en duelo y la sombra de mi propia muerte me persigue. La certeza de que moriré de la misma enfermedad, el mismo año que mi padre. Necesito radiografías y resonancias, verme por dentro, óseo y blando, el estómago, las arterias, las plantas de los pies y los lunares, cada folículo piloso.

Después este pensamiento se revertirá. Me desdeciré. Sabré vivir con los ojos en suspenso.

Mi padre dice:

Los Órganos y El Silencio. ¿Te das cuenta de que tus playas favoritas son musicales?

Yo recuerdo.

Le he prometido a mi padre un verano más.

Lo lloraba en su féretro.

Puse un pañuelo alrededor de su cabeza. Preservar la dentadura postiza, bajo ese bigote que él cuidaba tanto.

La funeraria arrancó ese gesto. Sustitutos: una sonrisa de algodones y una rosa violeta en la camisa. Yo había entrecruzado sus manos sobre el pecho (hermosas venas, calientes y azules).

Mi madre dijo: Quiero ser la primera en llegar al velorio y decorar.

Decorar, rosas rojas y la dedicatoria de mi madre sobre el féretro: tu esposa que siempre te amó.

Mi padre me había dicho: Si hay un infierno, ya lo conocí con tu madre.

Nunca apestan tanto las flores ni con tanta violencia como en un velorio.

Alguien calla: Huele a muerto.

Otro dice: ¿Si no van a llevarse todos al cementerio, podría quedarme con un ramo?

Sobre una lágrima (redundan en su nombre las flores mortuorias), la inscripción: Tus amigos de la malaria.

Los colegas biólogos de mi hermana.

Vestí a mi padre con el terno que se hizo para el matrimonio de mi hermana.

Mamá:

Sin camisa, no importa, ponle el chaleco directo sobre la piel, nadie podrá notarlo.

Le puse una camisa vieja, desplanchada. La enfermera me ayudaba contra el rigor mortis.

Mamá era un grito con un cigarro. Luego, una voz en la puerta.

Papá había estado las dos últimas semanas en mi casa, en medio de la sala; no tenía calzoncillos, solo bata.

Sin pensarlo demasiado tomé un calzón de mi cómoda.

El chaleco, el pantalón gris, las medias.

Se veía tan bien como puede verse un fantasma listo para un matrimonio.

La voz en la puerta gritó:

No le pongas zapatos, es de mala suerte.

Cumplí la promesa que le hice. No le afeité el bigote.
De la ropa interior nunca hablamos.

Aún no me ocupo de las cenizas.
Cuando vivía detestaba sus cenizas, las del cigarro.
¿Qué habría hecho él con mi cuerpo muerto?
Habría juntado todas las cenizas:
Mis cigarros y tú son lo que más quiero.
Intentó dejar de fumar por mí.
Intenté fumar por él.
Mira, me dijo desde su cama del hospital:
Esos techos de allá y esas luces, ¿no parecen Nueva York?
En Times Square, 1951, mi padre fumó un cigarro, consta en una foto dentro de una maleta que ya no puedo abrir.

Pronto comenzará la temporada de playa.
Cuando lance al viento sus cenizas:
¿Se formará él de nuevo sobre la arena?
¿Volveré a cerrar sus ojos protegiéndolos de la luz?
Un verano más, le prometí a mi padre.

Esta segunda edición de
Geografía de la oscuridad
de Katya Adaui
se terminó de imprimir
el 1 de diciembre
de 2023